魔女的考驗

飯田 祐子

IIDA YUKO

就從不安開始吧 　　　　　　　張艾嘉

我不認識飯田祐子。

「她長得什麼樣子？」我一面看著她的文章一面想像著。

應該是一對細長眼睛，但兩顆眼珠特別黑和亮。過長的瀏海把兩
道眉完全遮住，所以沒有人知道小時候的飯田是濃眉還是稀疏淡
眉。多數不安的人容易消化不良，她應該個頭瘦小。就算有多麼
愛吃也吃不胖。我幾乎可以清楚看到那個一邊唱著聖詩一邊尿著
褲子的聖母瑪利亞，冰冷的尿令她的歌喉顫抖著。她應該挺享受
那一刻。

5

當飯田寫到她媽媽的時候，不知為何我的想像就被這個漂亮，手巧，有才華又有勇氣的女人吸引去了。尤其是喜歡她做的便當：「飯上撒了肉末和胡蘿蔔等不同顏色的菜末。上面放了荷蘭豆，添加綠色讓它顏色更好看。好像還放了鵪鶉蛋。」「好像」這兩個字透露出飯田對媽媽所有的愛。就算是沒有，她也相信是有，有鵪鶉蛋的便當是最幸福的便當。媽媽就是她成長中幸福及正能量的來源。

飯田的畫有豐子愷的氣味，非常生活。不同之處是她永遠留一大片空間走道。不知留給誰呢？人來人往，而飯田就總是站在門外，遠處，或某一角落享受著人去卻充滿著人氣的寧靜和孤獨。她是顧客也是過客。幅幅畫幾乎都和吃飯有關，不然就畫廁所。人生最重要的兩件大事：一入一出。坦誠相見。

飯田認為自己離開日本去學習和生活更為自由自在，但是她每一張畫都帶著強烈濃郁家鄉的情感。這也是她如此敏感和關注人與

大地無法分開的臍帶關係。我相信有一天飯田祐子在外遊蕩的差不多時，她還是會找回那最令她不安卻是最熟悉的地方定居下來。無論我們走去哪裡，走了多遠，我們還就是一個「人」。人類從同一個門進入這個世界，同一個門離去。人生可以多精彩？或許可以像飯田一樣，就從不安開始吧。

與飯田共赴《亞洲不安之旅》

房方

北京星空間畫廊藝術總監

二〇〇八年，在我經營的星空間畫廊，舉辦了題為「亞洲不安之
旅」的飯田祐子個展，從那時起，她的繪畫與為人，都不斷感
染和啟發著我，伴隨我經歷著接踵而來的「亞洲不安」，直到
二〇一三年，我進而連續兩年借用「亞洲不安之旅」的這一標
題，組織亞洲年輕藝術家群展，在北京、香港、台北等地巡迴，
這足見她對我的影響之深。

作為藝術家，飯田具有某些常人不易察覺但在我看來卻是極高、

極珍貴的稟賦，而且這些她的「大造化」都是拜她的「大惡習」所賜。在她的經歷當中，最令我吃驚的就是她的「懶」，孩提時代懶到了飯田這個程度，長大以後自然是沒有心思也沒有能耐去求「功名」，這樣反倒成就了她的那顆平常心，在她的作品中，看不見任何一點成功學的痕跡，沒有融入藝術潮流的緊迫感，更沒有為了獲得市場認可而對「賣相」的在意，雖然一直以來都是畫一些「俗事」與「俗物」，但卻始終保有超凡脫俗的氣質；而飯田的「饞」，則給她的繪畫和生活打開了一個無窮無盡的寶庫，作為不折不扣的「吃貨」，她樂此不疲地遊走於亞洲各地尋訪最具人味兒的吃食，並把那些富於時代與地域印記的食物、場景和人封存在她的繪畫中，正如她所說「食物中包含了漫長的歷史養育出來的智慧」。當然，飯田最讓我感動的，要算是她那股「沒羞沒臊」的「傻」勁兒，她能夠保持一種「不知羞恥」的屬於孩童的純粹狀態。中國人總在講「道在屎溺」，從莊子的時代到現在也有兩千多年了，但真的誓言直面「屎溺」的又有幾人？而飯田早在中央美院時的畢業創作，畫的居然就是一位獨自如廁

的女子（《生活空間》，1999），她早已悟出：「我們有臭，我們有髒，我覺得那就是人。」並毫不諱言：「我要關愛醜陋、關愛不安、關愛愚蠢、關愛屎……」在這種勇氣的庇護之下，任何官方、正統、主流的意識形態都難以侵入飯田的頭腦，她毫不費力地解除了各種藩籬，進入隨心所欲的自由境界，去發掘和呈現了一個超越國家、超越種族甚至超越文化的亞洲，在「不安」的陰影下蘊藏著超越時空的人性之美。

俗話說，「天才和傻子只有一步之遙」，在我心裡，飯田就是那種可以被尊為天才的傻子，我願意在藝術的世界中，等待她繼續蛻變。

在現實與夢之間

止庵
著名學者、作家

飯田祐子是我很喜歡的畫家。飯田畫風樸拙，雅致，細膩，
委婉，所畫介乎現實與夢之間，不無寂寥之感，又富童趣之
心。雖多以中國為題材，但仍體現著日本人特有的審美情趣；
畫的是「洋畫」，卻承繼了竹久夢二一派的「和畫」韻味。

我第一次看到飯田祐子的畫，就覺得她將來一定能大獲成
功，為眾人所矚目。雖然這預言迄今尚未完全實現，但在我
眼中，這幾年裡她確是實實在在、一步一個腳印地前進著的。

這是飯田寫的一本很有意思的書，記述了她的經歷，她的志

向，還有她為了實現自己的志向而走過的並不平坦的路。讀這本書，除了可以瞭解飯田是如何成為風格卓異的畫家外，還可以感受到一位日本青年對於我們這個她也許已經充分瞭解，也許在不少方面還很陌生的國家，有著多麼純樸，多麼真切的感情。

寫書折磨 去年劉鋆跟我提出她想出版我寫的書，她說想讓我直接用中文寫，就照我平常說話的方式寫就好。我個性比較不積極，但比較喜歡接受，雖然之前沒有想過我會寫書，也沒什麼經驗，但就當作我在說話，把它記錄下來，那可能我能寫，這可能是很有意思的機會，可以試一試，於是我很輕鬆地答應了。

但結果可是折磨了我很長時間。第一我的母語不是中文，好多想表達的詞語，就像我每次用中文說話的時候一樣，就想不出來，或根本不知道，想不出應該怎麼表達才好，得想好半天。這樣的時候詞典常常是沒用的，詞典有時候可以幫我，但很多時候不能幫我。對於自己寫出來的東西判斷不清楚到底寫得好不好，是不是恰當，這個感覺很憋悶，彷彿在霧裡瞎跑。

第二是我最近老了。由於我從小養成的生活不規律，加上不好好運動的習慣，把我的身體提早老化了，好像我能體會退休後的老人的狀態，我覺得我也可以拿個凳子在路邊坐一整天，觀看路邊的情景。睡眠也有時候不能很深，所以很多時候沒有辦法精力旺盛，腦子不給我好好工作，經常腦子裡的每個線條都連接不上。吃吃好吃的，喝喝咖啡，勉強打起精神來，盡力絞盡腦汁，正常的話一天絞出個一百到兩百毫升，有時候只能絞五毫升，狀態很好的時候能絞三百到四百毫升已經算很不錯了，好羨慕很健康很有精力的那些青年們，或者資深寫作的作家們，他們可能嘩啦嘩啦地一天能出好幾升腦汁。

第三是說話跟寫文章還是不一樣，差太多，我答應寫書的時候沒有想到。說的話瞬間就消失，或頂多某些話留在某些人的記憶中。寫的話會留下字跡，我不認識的很多人會看到，啊，飯田寫了這種話，怕洩露我年輕的時候沒有好好學習，我就開始緊張了，一會兒這麼想，一會兒那麼想，擔心這個，擔心那個，隨我

身體狀況自信和不自信來回轉變，然後結果是不太自信。

我好幾次想過跟劉鋆提出：「我寫書有點早了吧，可不可以再過幾年我好好學習之後再出書？」但又回想：「我已經答應人家了，辛苦的事情往後拖的毛病到這歲數還是沒有改進，實在無恥。」我現在就是這些，在「這些」裡頭盡我最大努力，那可能是正確的答案。嗯嗯嗯嗯……。再回去寫字。

所以希望讀者朋友們對這本書中的不到位之處能夠諒解，這本書中洩露的有些無知請大家多多指教，希望以後能夠改進。

經歷了這個過程之後現在想，非常感謝劉鋆這次給我這個寫書的機會，發現文字寫作表達不得不對自己進行整理，雖然還不能說我整理完了，勉強整理的過程給了我重新進行反省的機會，我過去沒有刻苦努力，身體先變成老人了，精神能力卻還沒達到實際年齡。對於「亞洲不安之旅」的探索也還不夠深，說實

在的，現在還處於剛開始的階段。對我來説「亞洲」和「不安」意味著什麼，在這本書裡寫出的也僅僅是探索途中的一部分路程而已。

如果這本書能夠對我的過去作個總結，從此能開始活出新的我來，我會十分欣慰。不好意思只是對我自己一個人欣慰，但期待著新的我可以發現更加可愛的、更加牛逼的、更有情味的、回味無窮的「亞洲」，然後有榮幸可以表現在我的繪畫作品給大家欣賞。

「亞洲」 我要解釋一下在這本書中寫的「亞洲」指的是：中國、韓國、台灣、日本，有的時候加入香港。對我來説只有這些範圍，也可以説是「東亞」，但沒有包括蒙古（在百度百科中「東亞」是：中國、韓國、北朝鮮、日本、蒙古）。

我到目前還沒有去過其他的亞洲國家，亞洲很大，還有東南亞，

南亞，中亞等等。過去我在北京讀中央美術學院時，住在留學生宿舍的時候我的同屋是一個斯里蘭卡人，透過她我稍微體驗過斯里蘭卡的文化。她經常給我做激烈辛辣、激烈香醇的，好吃到昏倒的咖哩，一定要用手吃，真正的咖哩是一定要用手吃的。我那時體會到了用手吃的味道會是不一樣的，好吃到上天去，用勺子吃味道會降低很多，那只是地上的味道。吃完一定要喝一杯特別香濃的奶茶。透過她對佛的虔誠感受到另外一種佛教文化的面貌，我也學了一點斯里蘭卡的主要語言僧伽羅語，因為它的文字非常的可愛，每個字都長得像花一樣，引發了我很大興趣。但透過這些，已經能猜得到跟我們這邊的文化圈是完全不同的世界觀，讓我覺得我這輩子來不及涉及其他的亞洲，因為我們這邊「東亞」這一帶已經有這麼豐富的文化，我用我的一輩子去研究和享受都一定來不及，如果我要進入其他亞洲地區的世界觀，我覺得我需要更多個身體，一個放在東亞、一個放在南亞，還能更多的話，一個放在歐洲、再來一個放在東南亞。要是能那樣的話能活得真夠過癮的。

19

不過我先遇到了我們這邊東亞地區的範圍，從小學習和使用漢字，而且很喜歡漢字，漢字是這個區域的文化精粹，我透過漢字來感受這裡的世界觀，我對這個區域的生活一直抱有真切的感受，我的身體已經跟這個區域貼在一起了。所以我對這個區域可以說是很瞭解，但瞭解越多越發現我瞭解的遠遠不夠，可是一旦瞭解得更多就越覺得有意思。跟地球的尺寸相比，我們這個區域都算很小，但在那裡面展現的卻是一個宇宙。

謝謝 在這裡再次特別表示感謝劉鋆、感謝小蓉以及其他工作人員的朋友為這本書的協助。非常感謝小蓉每次特別耐心給我做的編輯工作，我自己能力很低卻想得很多，很在意奇怪小事情，一定比做其他人的書要辛苦很多，我的無能糟蹋了原來的時間表，真是多虧了她們對我的理解和寬容，我這樣的人也出書了，真是非常感謝！

然後還是要特別表示感謝翁佳鈴和她的先生林嘉德先生，他們夫

妻二位一直以來對我的支持。翁佳鈴這麼多年以來為我花的時間和精力，可能無數次影響到他們的家庭生活，我吃掉了他們家庭生活的寶貴時間，如果沒有林嘉德先生的理解和支援，我也不可能得到翁佳鈴對我的全心全意的支援，也不可能像我這樣的一個人今天還能夠做一個藝術家，然後在這裡寫這本書，真是感謝不完的感謝！

最後要特別感謝我母親對我的支持。她自從生我以後一直到現在，四十年的時間裡從來沒有停止操心，我把她訓練成相當堅強、偉大的母親。一直以來讓我能夠安安心心地去出發「亞洲不安之旅」的旅程，全靠她的偉大。我讓她辛苦四十年，這次寫的這本書正好她和她的朋友們都看不懂，她們無法判斷這本書寫得好不好，所以終於能有機會可以讓我媽媽對她的朋友們炫耀一下她的女兒出了一本看起來好像很厲害的書。我很榮幸地占了這本書的便宜，謝謝這本書讓我可以為她作為一個小小的報答，真是非常感謝！

目次。

狹山市的童年

我出生在日本東京的練馬區。沒多久，我爸爸和媽媽就從一個比較便宜的木造小型租房搬到了自己購買，位於埼玉縣狹山市的新房。當時很多中產階級的大部分日本人因為東京的房價漲得很高，都想在東京的近郊買房子。爸爸們每天坐很擁擠的電車，花一個小時上班。我爸爸也是其中之一。我從一歲半一直到高中畢業後的一年，都在這個地方生活。通常那樣的情況，應該會說

狹山市是我的故鄉，
但我心中始終不願意把那個地方
當作我的故鄉。
可能因為那個地方是我的
「不安」源發地。

我們的住家是當時已經變成非常普遍的日語叫「團地」*。「團地」的住民代表中產階級中的中等，或是中等偏下。後來過了幾十年變得很沒落，但當時卻是給了人們新的概念，很多人都喜歡。我們家住的「團地」結構是五層樓沒電梯的，一棟樓一共四十戶家，分成四個單元，其他「團地」基本上也都是類似

*
團地：經規劃且集體性建構的住宅區或工業區，
簡稱「團地」。

的結構。我住的地方有好多同齡和同輩的孩子，說明很多年輕夫婦都買那樣的房子。我們住的單元（十戶家）裡，包括我一共有四個同年齡的孩子，其他單元還有很多。我們住三樓，樓下一樓住著一個漂亮的鋼琴老師夫婦和他們的孩子。我記得我三歲的時候跟我媽一起洗澡時她問我想不想學鋼琴，我沒有特別的想法，只是好奇，就回答「想」。當時的日本經濟正在發展的時候，人們做什麼都能掙到錢，很流行讓孩子學學鋼琴，說是啟發孩子的藝術感覺什麼的。我記得小時候去小朋友們的家裡玩，大部分的家裡都有一台鋼琴，大家都用 YAMAHA 的，學鋼琴和家裡買鋼琴是非常普遍的事情。剛好樓下阿姨就在教，我就開始上鋼琴課，上這個阿姨的鋼琴課一直上到小學四年級的時候，我媽看我怎麼都不好好練習，覺得真是浪費了這架鋼琴，就把它賣掉，拿那個錢買了新的高級地毯，鋼琴課也不上了。

當時教鋼琴的阿姨有個和我同歲的女兒，我上小學以前的那幾年天天都跟她玩。鋼琴老師因為教課工作忙，找到一個幼稚

園，我媽就沒有特別的想法，「啊，那我的女兒也送那裡好了。」這個幼稚園是個基督教的幼稚園，規模比較小，因為那個幼稚園跟別的幼稚園有著不同的時間制，可以把孩子留到下午四點。而其他更普遍的幼稚園一般都只到下午兩點就要把孩子接回家，而且年齡也要更大一些才能上。就因為那個關係，教鋼琴的阿姨和我媽都有自己的工作，那樣很方便，儘管她們根本都不信基督教，就把我們送到那個幼稚園。

這個幼稚園初步讓我感覺到了我所說的「不安」。一個是因為周圍的環境，另一個是園長老師的為人很「不安」。我始終對這個園長老師抱有「害怕」和「摸不到」的感覺。一直到現在，只要一提到這個幼稚園，就會有種不安的感覺像是一大片灰色很悶的氣流包圍著它。在幼稚園的記憶中最深刻的一件事，應該是三歲的時候。我小時候比較認生，熟悉新的環境和人需要一段時間，那之前會比較緊張。有一天中午大家一起吃午餐時，我可能因為緊張吃不下我媽媽給我做的便當。我還記得那個便當的模樣，飯上撒了肉末和胡蘿蔔等不

同顏色的菜末，應該是「そぼろご飯」*，上面放了荷蘭豆，添加綠色讓它顏色更好看，好像也還放了鵪鶉蛋。我吃不下，就尿褲子了。當時的情景對我的感覺是很冰涼的，教室裡沒有一個熟人，沒有依靠。一會兒大家可能都吃完飯離開了，我還坐在那裡一動也不動的，園長老師就過來把尿褲子的我訓了一頓，然後把我關在放被子的壁櫥裡，讓我反省反省。記得那裡面完全是黑的，什麼都看不見。

不知道當時我的什麼東西招那個園長老師討厭，或許因為我媽跟別的媽媽們不同。因為工作的關係，我媽媽每次都打扮得很漂亮，讓園長老師看不順眼吧。我媽後來跟我說，因為園長老師經常對我不好，我媽就決定每週日都參加他們的禮拜，拍拍園長老師的馬屁，結果效果特好。後來我們在幼稚園畢業的時候辦了兩個話劇，這兩個話劇中主人公的角色都給了我。一個是動物們坐宇宙船去宇宙的故事，另一個是聖母瑪利亞的故事，讓我扮演了聖母瑪利亞。我在畢業典禮前最後一次排練時又因為緊張，在獨唱瑪利亞的聖歌時邊唱邊

＊ そぼろご飯：類似三色飯的便當。
　通常會將不同肉、青菜或是雞蛋等切末後鋪在白飯上面。

尿了。但那個時候園長老師沒有罵我，還對我很好，但我感覺她很假。

我跟基督教就這樣經歷了不健全的接觸。但後來也經歷了可以說與基督教美好的時光，不過那「美好」只是表面，我只愛玩，根本沒有得到對基督教真正的信仰，可能因為如此，那段記憶帶有那麼一點點的「不安」。透過幼稚園裡的一個同齡孩子她的家是教會的關係，我有一段時間上過教會。她爸爸是牧師，蓋了一個小的教堂。因為他們叫周圍的孩子們參加他們的禮拜，我也就開始跟著小朋友們參加他們的禮拜。這個教會感覺上像是不安中的小綠洲，牧師叔叔以及師母阿姨和其他老師都很好，都很熱愛小朋友們，也經常辦一些讓孩子們開心的活動。每次復活節時給孩子們漂亮裝飾過的煮雞蛋；暑假時就在他們教會裡頭辦夏令營，大家一起做咖哩飯吃。我大概從小學一年級到三年級都很喜歡上這個教會，當時也相信他們所講的那些。「只要相信耶穌，死後就能去天堂」這句記得最清楚，但其他故事和細節我都忘記了。我上他們教會的主要目的是

玩，跟那些老師和朋友們在一起很開心，記得其中有一個男老師我特別喜歡，年齡印象中是四十幾歲的樣子，帶著眼鏡，個子比較高，我記憶中他是單身的，讓人感覺有些內向，總是帶著背後寂寞的感覺，但很溫柔的那麼一個叔叔。我還把他當成女孩子似的叫他「まさみちゃん (masami-chan)」。因為他的名字叫「正美 (masami)」，這樣的名字通常給女生起的多，但偶爾也會有給男生起的。在日本通常叫女孩子名字上加「ちゃん (chan) 」，叫男孩子名字上加「君 (kun) 」。

隨著長大，對他們的活動也不覺得新鮮了，始終也搞不清耶穌和聖經的意義到底是什麼，我就開始慢慢不愛去教會了。我記得「まさみちゃん (masami-chan)」有一次去韓國旅行回來（我現在能明白當時一點都不盛行去韓國旅行的時代，他去一定是教會的關係），帶著很土的旅遊紀念品，是個很鮮豔的黃色的緞子上面印了兩個穿韓服的女人的錢包。帶著寂寞的表情，說要送給我們。那一天早上他來到我家，但不記得他進來坐了沒有，但我印象中只是

把這個錢包給我，問我最近為什麼不怎麼來教會，叫我再來教會，就走了。這個場面在我記憶中也是一種不安，是他留下的寂寞。但他帶來的禮物怎麼又是那樣一個土得沒法用的東西，我很對不起他。

這個教會和幼稚園的位置，還有我後來要上的初中，都在一片菜地中間。狹山市過去是農村，後來隨著東京的發展和擴大，新開發很多的住宅區。我從小對那種「新開發的郊區」養育了厭惡的感情。菜地中間零散的建築，想追隨現代化，但因為位於邊緣，比較不容易跟得很緊，感覺不到文化和歷史的濃度。也許在那裡面也會發生有人情味的情景，畢竟是人居住的地方，但總讓我感覺更多的是忙於工作而忽略身邊親人的情景，那些人們把金錢和體面放在最前面，單調的建築侵犯了原本溫暖的田園，稱讚機械化而嫌棄手工，著急地要擺脫自己的土氣，想要所謂的「經濟發展」，但總是避免不了比較敗落的感覺。我總感覺狹山市的天空雖然眼睛看著有太陽燦爛地曬著，但那是假的，實際上每天都是陰天，沒有一天的晴天。抱

歉狹山市的住民們。

我上幼稚園時我媽每天騎著三輪車接送，三輪車後面按了個筐，正好一個小孩子能放進去，擠一擠還能裝兩個孩子。有時候鋼琴老師有課接不了她女兒，我媽幫著一起接。我每天上幼稚園和回家的路上從這處都會看到一個很「不安」的角落。是一個公路在中間割斷了，周圍一大片都是長出很高很高的雜草，後面什麼也沒有，感覺很凄涼。每當經過的時候我會注意它，很想知道那塊究竟長成什麼樣，但有點害怕。因為當時太小，沒有有意識的特意去看一看。一直到我讀高中時，和一個同學講起「不安」後，才有一天跟她一起騎著自行車去轉一轉我幼稚園周圍那一帶，去看了那割斷的公路。近看也就是割斷的公路，過了十多年還那樣，沒人管那塊地。那天我們兩個很開心地享受了濃厚的「不安」。

不知為什麼，我上的小學就沒有那麼「不安」。我的小學生活整個都過得很開心，遇到了幾個很不錯的老師，也交往很多

朋友，在那些朋友當中我能夠很自然地表現出我的特色，大家也能認同我的特色。那段小學的記憶是明亮的，那個校園上面的天空總是晴天的。

除非個人的理由而讀了別的中學，我們小學的同學，幾乎全部都讀了同一所中學。我們大概兩百多名的同學，當然也有不熟悉的，但一起上學六年，那之間幾次換班，有很多是同班過的同學，誰是誰都認識，也知道什麼樣的個性。不知為什麼，我在小學的校園裡沒有感覺到什麼「不安」，但是從初中一年級剛剛入學的那一天，「不安」又開始了。

這個初中叫「狹山市立北中學校」，我們都簡稱「北中」。這個「北中」的「不安」或許是它的地理位置帶來的，校園上面的天空總是陰天的。那一區域，又是我那個幼稚園所在的地方，離得不遠。同樣周圍一片是菜地。 我小學時候上的教會也在這區域，離「北中」非常的近，每天上「北中」的路上都要經過這個教會。

我小學的時候過得很自在，可以說是「我完全在活我自己」，雖然一直都有些認生的個性，每次四月分剛換班開學的時候比較內向一些，但過兩三個月後熟悉了，就不再內向，可以發揮我自己。我一直到六年級都在教室裡摳鼻屎，一點都不在意別的同學怎麼看。三年級時甚至經常把鼻屎黏在別的同學身上。但就從初中入學的那一天起，我就不再摳鼻屎了。忽然間知道了鼻屎只能在家裡摳，在外面不應該。

小學跟初中的午餐都是一個「學校給食中心」送來的「給食」。日語「給食」是學校裡統一供應的午餐。有些同學愛吃，有些同學不愛吃，我是非常愛吃的。幾個同學輪流盛飯，剩下的話，還可以「おかわり」（吃完再盛飯菜吃）。一般男同學常去「おかわり」，在小學時有不少女同學也會去「おかわり」，但通常是壯一點、男孩子氣一點的女同學多一些，我當然每次都會搶著去「おかわり」。但就從上初中的第一天開始，那些女同學再也不去「おかわり」了，而我也就不能再去「おかわり」了，雖然心裡很想，但我沒看見有女孩

子去，我也就不敢去了。

我從小學一年級的第二學期末開始一直到小學畢業，有著自己的主張，是不穿裙子。死活不穿。我自己不覺得我是個女孩子，但也不是男孩子，覺得穿裙子不像自己。到五六年級時，周圍同學說我到中學怎麼辦，因為要穿制服，一定得穿裙子，我當時祕密準備考一所沒有制服的私立中學，所以周圍同學那麼說我也沒怎麼在意。但我沒有認真學習和準備，考試那天還一直放屁，應該是前一天吃太多了，作文考試也只是在放屁一點都寫不出來，一定熏死了坐我後面的考生，不知他考上了沒有。就那樣當然沒有考上那所私立中學，所以也只能跟其他同學們一起讀了狹山市立北中學，我自己也沒那麼後悔就接受了，必須要穿就穿。但就從穿裙子的那天開始，好像我就不能再像小學那時候的自己那樣很自然，像是我身體上長出了一層外殼，學會先看看大家的氣氛，服從嘴上不會說出來的種種規則。

36

其實上小學五年級以後我也慢慢開始瞭解和配合普通女孩子們

烏冬·炸醬 2007

的玩法，但在她們裡頭我還是算是稍微怪一點的孩子，可是大家都認同我那樣，我能很自然。當時印象很深的是在情人節的時候我們組織了三個團隊給自己喜歡的男生送巧克力，以每個男生家所在的區域來分成三個組，有不少女生喜歡同樣的男生。我當時喜歡的男生，除了我以外還有兩個女孩，於是我們就一起去拜訪各個男生的家。我記得去找我喜歡的男生家時，他母親很熱情地招待我們，客廳裡擺著很長的餐桌，最裡面的主位坐著那個男生，其他三邊都是我們女生圍著，印象有十來個人一起去的，然後我們三個女生把自己準備好的巧克力一起擺在桌子上。當時我還想要表現出我的與眾不同，找到花生模樣的巧克力，裡面有花生粒的，用土黃色的鋁箔紙包著，不仔細看真像是帶殼的花生，我把真的花生混在一起放在盒子裡，把它包裝好。我選了淺綠色的包裝紙，想起當時我選的顏色都有我的主張，我不想跟大家一樣挑粉紅色或紅色，我準備的一點都不像情人節送的巧克力，我自己心裡很得意。兩天後在學校聽到那個男生拿鋁箔紙包著的巧克力看錯是真花生，直接用力咬了它，鋁箔紙塞進牙

縫很痛，我一聽很高興，我做成功了。

想想五六年級沒有換班，同班兩年很熟悉了，過得很開心。但跟那些女生們上初一時都分開安排到不同的班，我初一的班從我五六年級的班中只有一位之前不是很親近的女生，因為我們之前是同班，我們就在一起。她個性比較安靜，我也有些認生的個性，所以兩個人在一起也沒有那麼多話可聊。後來又加了兩個女生，我們四個老是在一起。但不知為什麼，其他同學已經組織好自己要好的，我們好像是剩下來的所以才不得已在一起那種感覺。後來是一開始跟我一起的那個安靜的女生，被後加的其中一個有點像「搶走」，她們兩個開始要好，有點不把我和後加的另一個女生當朋友，不太管我們，但我們四個還是那樣在一起的，而我們兩個也老跟在她們後邊。我印象很深的，有一次後跟的另外那個女生跟我講「我們可像是金魚糞 *啊。」

＊
金魚糞：一般指沒有用的人一直跟著的情況。

大概早的話小學三年級左右女孩子們慢慢開始莫名其妙的組織

小團（group），一直到初中高中，我上學那時候都是那樣。不過我在五六年級的班上倒是每個團劃分的不是那麼明確，大家都很好。我四年級以前根本沒在意那些女孩子的小團，我隨便想跟誰玩就跟誰玩。不過在初一時的那班裡，女孩子的每個團劃分的比較清楚，我開始認識到被網住於那種小團裡的感覺。

初一那班實在太沒意思了，我可能那時過得比較深沉，那樣的時候也比較容易受欺負，有個男生有一段時間老欺負我。我從小不太會做「應該做的事情」，每次把該要做的事情推到後邊，實在不得不做的時候才開始做，甚至有時候實在不能再推的時刻還不知道那個緊迫性。初一的暑假作業讓我第一次大發作，發作得很嚴重。八月三十號忽然發現我把差不多百分之九十的作業都沒寫完。我忽然想起來一個辦法，這個辦法是小學五年級時最親近的一個同班的女孩用過的辦法。不想上學的時候跟老師說謊得了感冒請假，但我知道她也只有那樣做了兩三次，平常都好好的上學和學習，她媽媽也容許她。我因為一

堆作業沒寫完，我請我媽跟班主任老師打電話說我得了感冒，請了三天假。就這第一次跟老師說謊請假以後，我可是上癮了用這套方法請假，老用，很快就用不了了，之後就更厚臉皮，不請假直接就不去。我想應該初一第二學期有一半都沒上，第三學期應該也差不多。當然班主任老師跟我媽想辦法設法讓我去學校，但不知道是不是因為我生來的一種怪脾氣，或是我媽生來個性一點都不凶，我根本就不聽我媽媽的話，她怎麼試著凶一點，對我來說一點也不害怕，班主任老師能做的事情也有限，她們兩個都沒法管我。

其實我也不是那種有什麼要反抗的心，也不是受到的欺負多麼的難堪，我只是覺得在班上沒意思和不開心，加上從小愛晚睡、早上愛睡懶覺，開始不去上學，在家想睡多少就睡多少，逃避一切，上逃避的癮了。但是班主任老師和我媽一直反覆告訴我曠了整體課程的三分之一以上的課時，就要留級。在初中留級多麼丟臉，很不容易跟比自己小一歲的同學相處好，我自己也覺得真要留級了，下一班只有我一個大一歲，真的是很

丟臉，這個很難堪。我之後一直到高三，六年之間都無法擺脫這個癮，但每次曠課曠了快三分之一時我就開始上學，而且每次到了那個時候，跟班上的同學都熟悉了，上學校也比較開心了。我上初二那班，因為我改不了老曠課的惡習，班主任老師負責任繼續當我的班主任，還給我安排從小學五年級時要好的那個女生，讓她跟我同班。初二的時候跟班裡的同學很快熟悉了，有不少小學時候同班過的同學，過得很開心，但我的曠課癮無法因此而解決，第一學期基本都沒去上課，第二學期開始努力去學校，但經常遲到，從第二節課，或是第三第四，有時候甚至下午第五節才去上，有幾個男生給我起外號叫「遲到大魔王」。

在那時候我上逃避癮的同時，不規律的睡眠成了障礙，叫「非24小時性的睡眠節律障礙」*，要改過來相當地困難，有過很多次企圖改過自新好好上學，晚上的時候下決心明天一定要早起好好地去學校，但每次到了第二天早上卻起不來，到很晚醒之後就懊悔和沮喪讓我變得自暴自棄，又成心去逃避，那樣

的迴圈延續下去讓我越來越自卑，我自己也不知道是怎麼回

事，不知道在逃什麼，沒有什麼明確的東西讓我非要逃不可，

去了學校又不是難過，反而還挺開心的。大家都做的事情為什

麼我做不到？每天上學校是孩子們的本分，可以說是該做的工

作，是最基本的東西。連最基本的事情都做不到，不能算是

人，那是狗嗎？狗起碼討人喜歡，也能做到很多有用的事情，

我覺得自己不只沒用，還給身邊人添麻煩，連狗都不如。那

是什麼？我自己給自己找到的比喻是「擦完

牛奶沒洗的抹布」我覺得恰好表達了我存

在的意義，又髒又臭，擦完牛奶的抹布臭

得很噁心，把它扔進垃圾桶算了。 不去學校在

家睡懶覺，然後看電視，正經事什麼都不做，一個廢人樣。

那樣的我在心裡培養了挖掘自我醜惡的習慣。

我媽每天都要去工作不在家，也管不了我太多。但她每天晚上

回來後還是用真心去跟我談話，我一直都感覺到不管怎樣我媽

總是理解我的。我很喜歡跟我媽在一起的時間，每天都等待她

回來。

43

＊ 非 24 小時性的睡眠節律障礙：
由於患者的睡醒節率不是 24 小時，
因此會每日出現逐漸提早或是延遲的情形，
此種睡眠節率障礙相當少見。

我還在上小學的時候我媽基本上是在家工作，有的時候還為我烤蛋糕布丁等西點。一週有兩三天要出去到簽約的公司工作的時候，一定會請我姥姥 * 過來幫忙看著我，做飯和打掃衛生等。但我一旦上初中，她們覺得孩子大了，可以自己管自己了，也是我媽工作正在使勁發展的時候，她在東京買了一套小的房子當作自己的辦公室，僱一個員工，每天都去上班，姥姥也開始不常來了。我媽後來回憶說我上小學一二年級的班主任老師跟她說我這孩子跟別的孩子不同，要小心教育。她也看我的樣子怕管太多反而糟蹋了，就沒有管教很多。

姥姥：外婆、阿嬤。
姥爺：外公、阿公。

我姥姥對我來說是個溫暖的象徵。現在回憶中我跟她度過的時間才讓我感覺到一種家庭的溫暖，雖然不是完整的家。我小學時候大概一半的時間是跟我姥姥度過的，姥姥來我家時經常姥爺 * 也一起來，他們兩個和睦平和，很平凡。假期我也去他們家待幾天。過元旦時親戚們都聚在他們家，那些親戚阿姨舅舅們都很和睦，我很喜歡跟他們在一起的時間。

我姥姥來我家的時候,每次去買菜拉著我的手唱著歌一起去。家附近有個超市,還有精肉店＊、豆腐店,肉和豆腐不在超市裡買。我最愛吃姥姥做的飯,她做的炸土豆＊餅、飯糰、麵糰湯、咖哩飯、牛肉燴飯等。春天的時候拉著我的手一起去家裡周圍採艾蒿,做艾蒿豆沙餅,味道和模樣都是非常樸素的,很家庭的味道。我媽媽做的東西就花樣很多,味道也不太一定,有時候成功有時候失敗。她做飯就喜歡追求洋氣,她的咖哩飯是追求餐廳的味道而沒有達到餐廳水平的那種。不過我媽媽做的グラタン(奶汁烤菜)到現在還讓我懷念,味道跟餐廳的不同,帶有樸素家庭的味道。

＊ 精肉店:專門販售肉類的店。
土豆:馬鈴薯。

我媽長得很漂亮,年輕時特別討男生喜歡,總是有一堆男生追著。她說初中高中的時候在學校她的鞋櫃裡總是放著很多情書。一直到我媽認識我爸以前,對她好的男生太多了,她一點都不覺得新鮮。一直到遇到我爸,他是第一個給她冷漠待遇的人,她就迷上了。我爸在當時就像是胸懷大志的青年,說要去美國開拓自己,當時六十年代末到七十年代初,獨自

去海外不容易，很少人能做到，我媽她也迷上他那樣的部分。我爸去美國之後我媽就拼了命的打工，同時做四種工攢一筆錢，我媽自己一個人去美國三藩市找他。我媽後來說當時我爸雖然跟她說過「我們在美國見吧」，但他肯定沒有想到我媽會真的來。我爸一直都是個愛玩女人的花花公子，在美國時已經有別的女人。我媽有些察覺到，但當時還不能確定。在一起的時候我爸還是沒有對她好，甚至還打過她。我媽跟我爸生活了一段時間後她去義大利人的家裡寄宿，邊去學語言邊打工生活著，大概過了十一個月，我媽就回日本去了。

回去以後我媽就跟我姥姥說她要跟我爸分手，但我姥姥反對我媽跟我爸分手，我姥姥說要守護貞操問題。還有我姥姥一直對我爸有著很好的印象（我爸爸對外面不熟悉的人給的印象很好），我姥姥認為我爸爸解除了我媽媽的共產主義思想，所以很好。現在這麼一說覺得很可笑，但如果對日本的近代史有些了解的，就知道為什麼我姥姥當時覺得共產主義是不好的，為什麼我媽當時受了共產主義思想的影響。其實我現在知道這兩

個人也沒有深入地瞭解所謂共產主義是怎麼一回事，只是兩個人都受了她們的時代潮流的影響而已。我姥姥覺得我媽應該跟我爸結婚，我媽當時二十四歲，那個時代女人到那個年齡理所當然的要嫁人，如果嫁不掉就成了家裡的問題。再說我媽又離開我爸一段時間，畢竟她自己迷上的男人，思念的感情勝於不好的記憶，等我爸回到日本，隔了很長時間後又見到面，就又很想在一起。我媽心裡原本對我爸的種種疑慮，也因時間的關係被抹掉了，於是他們就結婚了。

我姥姥回憶說大女兒就是我的阿姨，她嫁出去的時候她心裡很難受，因為嫁的是一個太嚴肅很難相處的一個男人，所以當時我媽嫁出去的時候就心裡非常舒暢，覺得嫁給了一個很好的人。但後來結果是跟她想的正好相反。我姨丈雖然比較難相處，但他人品很端正，非常可靠很有責任心的一個人，而我爸是個不顧家庭，沒有責任心的人。我姥姥後來時而說自己沒有看透很對不起我媽媽。我大概初中那時候已經瞭解我爸和我媽的婚姻失敗，我那個時候就對戀愛和婚姻的問題

很關注，自己銘刻於心將來選擇配偶一定要慎重。

我爸爸對我來說到現在一直都是一個非常有點類似，感覺摸不到那個人，感覺不到他的心在哪裡。對我來說我爸是一個吸收所有不安的黑洞。不知道他的存在是什麼，不知道他到底是不是我的父親。但我長得很像我爸，這明擺著他是我父親沒錯。

我的記憶中他好像作為父親的面貌有幾個場面。小時候我爸陪我玩的時候我都很開心，他有很多主意，有時候一起畫「紙芝居」*（連環畫劇）、做騎馬、做飛機，Jungle gym * 等。教我騎自行車的也是我爸。小時候週末開車去河邊玩，帶一些飯糰什麼的。也許就是這些記憶足夠說明他是我父親，但後來我長大的過程中，我爸從來不關心我的生活和教育問題，包括我的未來。只是偶爾給我零花錢，或偶爾我媽不在的時候做點飯給我也吃（他做得很好吃但太鹹）。有一次我一直在曠課我媽和我班主任老師正傷腦筋的時候，班主任老師就給我

48

紙芝居：✳
在紙上表現的戲劇，又可以稱為「連環圖畫」。

爸爸的單位打電話說要見面談談，但我爸接了電話就說「不要為這種事情特地打電話來」就馬上掛掉了。關於我的問題，記得他只是說過一次話，「你這麼著，以後你自己後悔活該。」

我爸跟我媽剛一結婚就每天都很晚回家，說是「男人就是這樣的。」我媽根本沒有過過大家所說的那種幸福的新婚期。剛生下我就一個人整天在家換尿布、餵我吃飯。那一段時間，每天到黃昏就悲傷的流淚，一個人在家誰也不珍惜她的存在，她對去外面工作的願望越來越強烈。她在大學學的是金屬工藝專業，從美國回來到結婚前在一個珠寶公司工作了一段時間，她對珠寶設計有些經驗。有一天在報紙上看到 De Beers 公司招募的鑽石設計大賽，我媽就鼓舞起來用心準備，熬夜完成設計圖投稿，結果她得了最高等獎 (grand prix)。之後她去法國參加頒獎儀式，順便在歐洲旅行，回來後就有很多公司要找她設計。她的生活一下子都變了，之後她對丈夫的期望就越來越

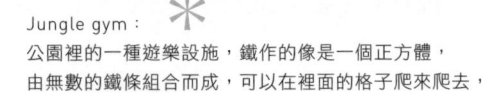
Jungle gym：
公園裡的一種遊樂設施，鐵作的像是一個正方體，
由無數的鐵條組合而成，可以在裡面的格子爬來爬去，
稱為「方格攀爬遊戲組」。

小，盼他什麼都沒有什麼用，我媽之後就一直埋頭工作。我爸該有的責任心也沒有，卻還是個大男子主義者。我媽變成一個很紅的珠寶設計師，我爸還挺欣賞，但他說家裡一切事情都要由女的來做。當時的日本還是很多男人都這麼想，但一般那樣的人都不希望妻子出去工作，所以自己在外面認真工作掙錢來養家。我爸看我媽開始能掙錢，掙得越來越多，我爸就越來越不怎麼為我們家庭投入他掙的錢。我爸很小氣，我媽從我爸那裡得到一點錢，我爸就會開始這個那個的要求多、牢騷多，我媽就不想再要我爸爸的錢了，我媽就更加埋頭工作。當時日本經濟很好，我媽做多少就能掙多少。

我爸在我們面前從來不講自己的過去、自己小時候的種種事情，我沒聽過他一句關於自己的話。聽我媽說很年輕的時候在偶然的機會講過一些些。我爸畢業於一所名牌大學，他為此事很驕傲，但他要隱藏其實是先上了夜間部，然後轉學到正規課程這事。他大概在中學以前家在茨城縣的鄉下，聽我媽說叫大竹村，要是提大竹村這個名字，我爸會很不愉快，這也是他

想隱藏的部分。不過我爸他們的祖先中有一個小名人，在那個地區的歷史書上會出現，叫飯田金之助，江戶時代末作為武士立過小功的人物，這是他要炫耀的事情，包括爺爺奶奶也都一樣，有一次去爺爺奶奶家，他們都一起說，一定要記得我們這個祖先，要知道非常驕傲。我感到很不安。

我大概初中以前爺爺奶奶住在東京西部的榮町，榮町這個名字又是一朵吹不走的沉悶的灰雲。其實對爺爺奶奶感覺倒沒有直接的不安，我也沒看到他們有什麼不好，但他們榮町的家就讓我不安的像是堵塞了的氣道一樣，我的身體被那朵灰雲纏繞著逃不走。

他們家經營西服店，房子很老舊，門面很窄。經過店面再往裡走就是廚房帶小廳的小房間，兩層樓，一個很細長的建築。右側隔壁可能以前有房子但後來拆掉了，那個部分修成停車場，所以那面牆露出灰灰髒髒、好多裂縫看得很清楚，而窗戶就只有小小幾個。（現在回想，這種結構的、同樣老舊的房子在台灣的街頭非常多，幸好我走在台灣的街頭時沒有連想起榮町的家。）他們的房子不管從外面看還是在裡面看，它的老舊醞釀

51

了多年的不安，衛生間的老木頭門、裡面鋪滿小石頭的地、整個牆壁、舊榻榻米，都散發出很難受的氣息。

真是不知道他們一家人是怎麼生活過來的，他們生活在黑霧之中。聽我媽說好像經歷過一次破產，但具體情況我們都不清楚。我爸爸是五個兄妹中的老三，老五是妹妹外其他都是男的。每年過元旦時他們全家（包括我們一家）都會聚在榮町的家裡，每次女人都在樓下的廚房做飯，男人們都在樓上先開始吃吃喝喝，他們吃得差不多，女人們才能上來開始吃。男人們繼續喝酒，然後每年都喝到一定程度就開始吵架，再過一會兒我爸就要吐，而且每次都要讓別人給他拿盆吐，很少到廁所去。噁心到我現在最怕看到的就是在吐的人和嘔吐物，比什麼都可怕。

我爸倒沒有給我什麼傷害，後來知道他在外面玩女人，或看到他打我媽，自己不愉快發脾氣就隨便拿起身邊的東西往我和我媽身上亂扔的時候，我就覺得「真差勁」以外沒有特別

的感情。他那些行為也不像有些韓劇裡貧窮家庭的壞爸爸那樣那麼的頻繁。只是一直都給我積累了冷漠和距離，雖然冷漠中有時候帶一絲絲的人情。後來在我高二的時候有一次我媽和我爸爭吵，我爸一急不小心對我媽說了句「寄生蟲」，我媽聽到我爸說了那樣一句，那二十年忍耐的和原諒的全部都塌下來了。我媽從那天開始一句話都不想跟我爸說了。一直到我高中畢業之後我爸離開我們家的一年半的時間裡，我媽和我爸一句話也不講，吃飯時候會刻意錯開，我每次都跟我媽吃飯，我爸一個人吃飯。在那時候我爸用一個紙箱子上面弄個板子當作餐桌。他有時候會買生魚片吃，有時候是烤肉，還有的時候是火鍋或壽喜燒，吃得還挺奢華的。因為是可以移動的餐桌，所以他偶爾會在電視機前面吃，有時候也待在自己的房間裡吃。紙箱子的餐桌有點矮，他吃飯的時候有一點駝背，我當時覺得他的那個樣子很不安。

茶房 2006

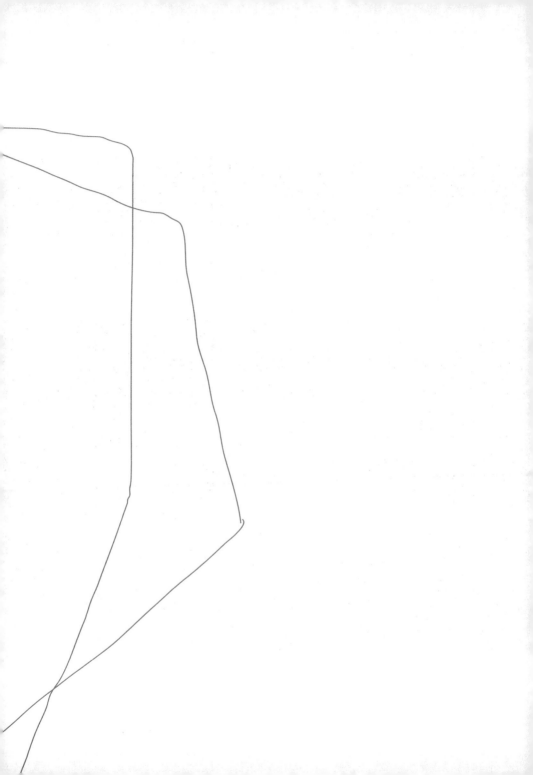

高中的時候

我上了一所位於離狹山市不遠的一個小城市的公立高中，從我家騎自行車三十分鐘的距離。因為我在初三時還是不用功學習，比較輕鬆地考入學力比較差的高中。這所學校只有部分學生很努力才能考上二三流大學的程度，因此大部分的學生們沒有考大學的壓力。或許是這個原因，這所高中的氣氛比較輕鬆和睦，也遇到了不少很好的老師和朋友們，在學校裡沒有遇到特別不安的事情，給我留下了明亮溫暖的記憶。但我的個人生活還是被濃郁的不安包圍著。

仔細回想起來，我剛上不久的時候在學校裡也過了一段很不安的時間。高一那班完全都是新的面孔，我在教室裡還是像剛上幼稚園那時一樣很緊張、很難適應。同時還做了一個讓自己更不安的決定。一開始的想法是「挑戰精神」。我讓自己去經歷新的體驗，透過跟大伙成為一體做事情，想讓自己培養集體活動的能力。於是我加入了銅管樂隊的社團。在日本大部分的初中和高中是鼓勵學生加入社團活動的，有的學校是必須的，我上的初中和高中也是必須。在日本把它叫做

「部」，有棒球部、足球部、籃球部、網球部等各種運動部，還有銅管樂隊部、話劇部、象棋部、美術部等各種文化部。我在初中時加入了美術部，人數非常少，沒幾個學生，在那裡帶領的女老師非常地不安，很不會教學生，總是看起來惴惴不安的樣子。除了我當時要好的一個朋友美保ちゃん(chan)以外，其他幾個同學也都比較不安。那個美術部裡的人和科目內容都很沒意思，我跟美保ちゃん就偶爾課後會一起去參加，但覺得沒意思的時候就會提早離開，我們兩個自己去別的地方玩。因為初中那時的美術部窩囊的樣子，讓我在剛上高中那時還抱著期望，希望透過像樣的社團活動，過一段健康高中生青春美麗的生活。我因為體育運動方面很差，選擇了文化部中最像樣的銅管樂隊部，人數也很多，好幾十個學生，大家認真練習，定期參加地區演奏比賽大會什麼的。

這個決定結果給了我巨大的不安，我的期望完全挫敗。需要訓練肺活量增大，每天需要先做一段運動專案，然後再去練

習各自的樂器。我當時比較迷的明星樂團中最帥的一個人吹薩克斯風，我就選擇加入薩克斯風隊。一開始借用學校的樂器練一練，有個學姐說「買一個自己的樂器更方便練習，有條件買一個也不錯。」於是當時挺能賺錢的媽媽在我連吹法都沒學會以前，就給我買了一個值二十萬日元的不錯的薩克斯風。在社團裡剛加入的新生每天要做的是運動和練習吹多來咪＊，對我來說非常枯燥。現在想想我對演奏音樂沒有那麼大的興趣，我又沒有耐心，當然覺得枯燥了，當時真的很傻。因為自己沒能用心練習，老吹不出好聽的聲音，覺得要能夠吹出好聽的音樂，要走的練習路程好遠好遠，一想到就很累了。我對那些有名的古典音樂也沒有興趣，自然跟那些喜歡古典音樂的人們不容易投緣，感覺到我是跟那個社團裡的同學們不同的人種，也就難跟他們相處得更融洽。在社團裡是那樣，在班上也一樣沒找到適合的朋友，過了一段時間以後我又開始不去學校了。後來整整第一個學期都沒有去。

到第二學期，因為一些科目的缺席快到三分之一了，跟初中的時候一樣，我開

＊
多來咪：Do-Re-Mi

始努力去學校，在班裡也找到還不錯的
朋友，但我再也不去參加銅管樂隊的社
團活動了。
就留下了變成不安物件的高級薩克斯風。

一直到後來我的一個朋友在樂器店工作，我問她能不能賣那

支薩克斯風，但她說雖然沒用多少，因為長期沒有清理乾淨，

已經糟蹋了它的價值，只能賣一萬日元而已，所以就先不賣

了。前兩年才遇到一個地區的業餘樂團他們需要，榮幸地捐

贈給他們，那支薩克斯風終於擺脫了它的不安命運，我打從

心底高興。

就這樣我把銅管樂社團放著不管，再也沒有去參加。直到高

二的第二學期，一位熟悉的同學剛好是美術部成員，於是我

就跟著去參觀了他們的美術部。這個美術部不像我初中那時

的美術部，人少、窩囊。這裡的美術部人數大概有二十個左

右，不多不少正合適，感覺到大家很融洽，氣氛和睦，帶領

的男老師個性也開朗，不太管學生們，讓他們自由發揮。他

們歡迎我加入，我就正式更換了社團，加入了美術部。可以邊玩邊做些有趣的創作，覺得很輕鬆，也感到這些同學跟我是同樣的人種，我在高中的美術部過得很開心。

高二的時候遇到了到現在一直都有來往的好朋友，她叫甘川さん（san）。其實我用「不安」這個詞來表達許多事，來源是從跟甘川さん一起說著玩開始的。我們用「不安」來表達讓人不舒服的景色、地方、建築、人事物等。甚至拿來說人的長相和姓名，比如說我的姓「飯田」都讓人很不安。我們什麼都用「不安」來表達，找到了新的不安事物就興奮地互相報告拿來當笑話。我們還想過組織不安俱樂部，但畢業後各忙各的，我離開了日本到中國，也就不了了之了。

我叫她的姓「甘川」加「さん」，「甘川さん」，因為她也叫我「飯田さん」。當時在班上女孩子之間流行直接叫名字，之前是名字加「ちゃん（chan）」或叫暱稱的比較普遍。這種叫法的不同在日語語境裡頭會表現出個性的不同或關係的不

同。直接叫名字表現出了當時最普遍女孩子的嚮往，讓她們覺得好朋友之間那樣叫更時髦。甘川さん和我同感，把我叫「祐子」覺得噁心、不對勁，因為我的形象不像那種普遍典型的女孩子。我們兩個都共同抱有一種對抗多數人嚮往的東西的情緒，我的與眾不同是我固有的怪氣 * 還加一些臭氣，而甘川さん她的與眾不同是很瀟灑，超群出眾的那種。我心裡覺得她特別牛逼 *，我很欽佩她。

*

怪氣：作者想要形容自己在某些行為
或是性格上有些奇怪的地方、
會有一般人比較不會有的行為等。

她不屬於那種優秀模範學生的類型，反而抱有反抗大人的情緒，她愛聽搖滾音樂，認同搖滾音樂中的那種反抗精神。我當時也不喜歡典型的模範學生，對社會沒有任何的疑問、好好聽從大人的那種人。但甘川さん她很知道什麼是該認真做，什麼是要反抗，不是盲目地去聽從大人或反抗大人。她跟我說過有一次在她打工的便利商店裡工作的時候，有個同樣打工的高中生，看到店長在面前的時候假裝認真工作，店長一走就偷懶，她看到那樣子立刻去給她一巴掌。她雖然邊跟我

63

*

牛逼：在這裡作者想要表達對於人、事、物的一種
發自內心的敬佩讚賞，表示很厲害的意思。

講邊埋怨自己的個性，但我覺得她真的很牛逼。她行動直爽，內心很溫柔，她對老曠課的我一直包容和理解，但也有一次我自己不來上課借用同學的筆記本給她造成一點麻煩時就跟我直說我做得不對。一般要麼就愛說別人，要麼就不敢說別人，在那個年齡階段很少有人能像她那樣的。

她的愛好也很牛逼。有一次看到她在教室裡耳朵戴著耳機聽著搖滾音樂，手上拿著歌德的詩集讀著，髮型是燙成卷髮的長頭髮。我看到她那形象就覺得特牛逼。她不只讀歌德還讀很多不同的文學作品，經常帶著耳機邊聽音樂邊讀書。她說她是「活字中毒」（喜歡讀書到中毒的程度）。那樣的人通常都讀書速度非常快，所以可以讀很多種書。她還很講究聽搖滾音樂，在她喜歡的範圍裡沒有不知道的樂團和歌手。她從來不聽大家很輕易去聽的那種大眾化的音樂，她選的很有她自己的講究，我很佩服她。我當時慢慢渴望學到很多人文知識，但我讀書速度很慢，經常沒有耐心讀完一本書，我很想成為她那樣讀書很快的人，也很

想成為那樣對音樂很有講究的人，但我已經養成了多年的逃避精神和懶惰精神，連自己有興趣的也沒怎麼有耐心去努力讀很多的書，或是去找很多的音樂來聽。因此我還是在心裡頭繼續養著自卑心和挫敗感。

這種心態一直到我接觸了「太宰治」的文學作品才讓我找到了一種共鳴，讓我非常著迷，我開始有了些改變。我好像一定要我的興趣可以著迷到熱血沸騰的程度時，才能真正有行動，一般程度的感興趣是沒有足夠力量讓懶惰的我去行動。我忽然想起，在初三的時候在課本上看到太宰治的代表作叫《人間失格》，對這個題目有了強烈的印象，覺得幹嘛不趕快去買來讀一讀！我就買來讀，我讀書速度慢，還把不懂的詞拿詞典來查，寫在書上，花時間認真的讀太宰治。接著還讀他的其他作品，同時也看評論他的或講他生涯的書，我在高中的時候幾乎讀完了他全部的作品。雖然他的《人間失格》和我的情況完全不同，但在一個挫敗人的視角看世界，其中很多對事物的敏感給我帶來了一種美感和慰藉。

他的生涯被分成三個階段，作品風格每個階段也都有所不同，我被他的藝術世界著迷，其中尤其喜歡他第二階段的作品。第一和第三階段他的生活充滿著痛苦，他試過了很多次自殺，而第二階段時他的生活很穩定，努力試著去做健康的「小市民」，埋頭創作。他的生涯和作品一貫有著一種對事物悲觀和感傷的情緒，他對於「正」的東西不會正著看，而是斜著看（也許是對「正」的東西的一種畏怯），對「斜」的東西（或是不正的東西）正著看。我當時心裡比較反抗毫無疑問地活得很正的人或那樣的想法，覺得那個不真實。他的文學有時被批評不能叫文學，我也許正因為他包含了那樣不正統的東西而著迷。他有的作品沒有嚴謹的結構，只是把他心裡的吶喊或一些碎片無秩序地放在一起，就像他活的一樣。我最喜歡他那樣一個人追求了「正」的那個時候寫出來的東西。

我喜歡他作品中的正 (positive) 和不正 (negative) 的混沌狀態，我一直都很喜歡美與醜、喜與悲、明與暗等相反的東西絕妙的結合。 他的第二階段作品是 positive 的含量多一些，喜、明、醜、美、和少許悲，所以很美。而第一和第

三階段的作品 negative 的含量占了大部分空間，悲、暗、醜、美、和少許亂，所以也很美。

三島由紀夫是著名的文學大師，他的名聲常常勝過太宰治。他的很多作品主題採取了人間的黑暗面，很多他的那些主題引發了我的興趣，而讀過他幾本，當然也很有意思，但他文學的核心價值卻是非常完美的「正」，帶有一種超級完美的東西，那種超級完美不會讓我那麼著迷。太宰治第二階段作品中有一個很有名的代表作叫《走れメロス》（《跑吧！美樂斯》），那篇唯一純粹很「正」的作品，所以經常被用在學校語文課本上。我當時唯一不喜歡這篇，不理解為什麼他寫這篇。我記憶中印象最深刻的作品叫《皮膚與心》，是個短篇，關於一個平凡的家庭主婦闡述自己的故事。這個主婦突然有一天身上起了好多疙瘩，她心裡很害怕，怕得了什麼怪病，可怕的想法不斷的在腦海裡出現。最後她丈夫帶她去醫院，丈夫對她很好，疙瘩也都好了，心裡找回了平靜。故事描寫到她走出醫院時她的心情和周圍的景色，讓我想像了

一幅很美的畫。

我小時候很喜歡畫畫，也很喜歡用很多不同的材料來做小手工藝。小學上美術課的時間比什麼都喜歡，課間休息時有時候同學們叫我去玩都不去，就在本子上畫畫。我媽媽看我那樣子，時而給我買新奇的畫畫工具和材料教我不同的玩法，比如在石頭上面用壓克力顏料畫畫，或是用塑膠細條燙一燙做一些好玩的東西，還有透明的塑膠膜上用馬克筆畫圖案，然後剪下來在烤箱裡烤一烤等。我媽覺得我長大以後上美術大學合適，她還常說女性也應該要有職業，我想她肯定跟我反覆講過那樣的想法，我自己也從小認為我將來要上美術大學，然後從事美術創作方面的工作。對這個我從來都沒有過任何疑問，也從來沒改變過。也許因為從小這麼堅定的想法，從初中開始，美術課反而變成一種壓力，不再是那樣快樂的時間。這種狀態一直跟隨著我到中國的中央美術學院學習的時候（嚴格講到現在都還沒完全擺脫那個狀態）。儘管在我心裡已經變成壓力而不快樂，但我對將來的夢想一直非

釜山關東煮 2014

常堅定沒有別的路。我媽已經知道為了考美術大學一定要受
專門的訓練，她為我找到一所最大規模的應考美術大學的培
訓學校。這所培訓學校有著最好的考取率，而東京藝術大學
是最高等級的美術大學，我也很希望能考上東京藝術大學。
我高二開始，每週二和四的晚上在這所學校的夜間班上課，
高三的時候是每天晚上都要上。現在想想學費也相當高，但
我媽當時錢掙得多，我完全能讀得起。高二的時候選了設計
系，我很茫然地被設計系華麗的感覺吸引，很茫然的想從事
跟設計有關的大規模一點的工作，比如舞臺設計等。現在
想起來那也和我媽媽有關係。記得她曾隨口說說「啊──像
舞臺設計那樣的工作也不錯啊──！」當時只是聽起來感覺
上覺得很牛逼。但我上高三再重新換班級的時候，忽然間感
覺到「我應該上油畫系」就把專業改成了油畫系。

我從高二的時候開始透過一個叫做《ぴあ》(pia) 的雜誌（網
路發達以前《ぴあ》是關於文化方面資訊最豐富的雜誌，每
週刊一次，涵蓋了東京及近郊幾乎所有的電影、美術展覽、

輕音樂、古典音樂、舞臺表演等從大到小的詳細訊息）查詢一些被大家認為「牛逼」的美術館和畫廊的展覽，我有時候也會到東京去看。當時的美術館或畫廊裡最推崇的是觀念及裝置藝術，而繪畫的展覽比較少。當時我很在意大家認為的牛逼，覺得牛逼的東西就應該去看一看，看著看著覺得是挺牛逼的而且也很酷，但看多了慢慢起了茫然的疑問，我看不懂。在那個時候不知從看到誰的作品起，我開始被純繪畫作品慢慢吸引，記得在學校的圖書室裡看到小磯良平和小林古徑的畫冊，非常著迷。我後來去看了速水御舟、伊東深水等近代日本畫的展覽，也非常喜歡。近代繪畫另有市場，觀眾大部分是歐吉桑歐巴桑們，離那種「牛逼」範圍比較遠，但我看著那些繪畫就很感動。而日本的近代油畫除了小磯良平以外沒有找到特別喜歡的，但我也沒有看過他的展覽，不過光是看畫冊就很著迷了。

當時我的心中仿佛將小磯良平的繪畫世界與太宰治作品中一些景色慢慢相連接起來，形成一種對東亞近代社會的憧憬，那個時代景色的美與我的現實生活的景色根本無法比較。

71

我很關注大家的「牛逼」的同時，心裡慢慢意識到我好像做不到大家所認為的「牛逼」，同時找到與眾不同的、我認為的真正「牛逼」。在初三的時候，在東京涉谷看到一家專賣中國大陸雜貨的商店叫「大中」，賣中國的筆筒、毛巾、塑膠熊貓頭圓珠筆、穿傳統衣裳的女人的木制梳子等。我一看就超級著迷，又土又可愛，說不上的一種味道。我當時要好的同學美保ちゃん（chan）她也跟我的喜好一致，我們兩個一起去買來享受。但像她那樣理解這個味道的人是比較少數，我心裡覺得這才是真正的牛逼，有點太高級，普通人是看不懂，所以我很想炫耀。我上高中以後更強烈意識到這點，在教室裡用那些東西心裡很得意，當拿出那個穿中國傳統衣裳（好像是唐代的衣裳）女人的梳子梳頭髮時，我心裡很在意坐在我後面的同學，我想要給她看看我用的東西有多牛逼。

上那個美術培訓學校之後，美術的壓力變大好幾倍，每次快到那學校時「不安」的黑雲就會來襲，纏繞著我。培訓學校位在東京池袋的住宅區，從車站下車後還有一段距離才能走

到，那個住宅區也比較不安，總感覺是黑黑的，然後就看到好多打扮得特別牛逼的人們在那兒晃悠。有的出來吸煙、聊天、喝飲料什麼的，不管男生女生一個一個都很牛逼，像雜誌上登出來的模特兒一樣，有的比雜誌還牛逼，是達到了看著不是刻意打扮但很有特色而且超酷的境界，做美術的人群中那種人比較多。日本人要把衣服穿好看（おしゃれ）* 好像是人生重要的課題似的。誰穿得更おしゃれ誰就會默默的受到大家的重視與推崇，而穿不好看的也會默默的受到微妙的歧視。那個時候我很努力的穿好看一點，但似乎跟不上他們的水準，心裡很壓抑。到了教室繼續很壓抑，一個教室裡好幾十個學生，非常擁擠。課題主要畫石膏像和靜物，偶爾有人物，畫石膏用鉛筆或木炭素描，靜物和人物用素描或油畫兩種方式。當時畫色彩就是一種風格，不管畫靜物還是人物，畫面所有的部分都交雜很多不同顏色的方式，所有人都畫成那個風格，也看過其他學校的考生畫的也是那樣。我不理解為什麼大家都畫得一樣，一樣都畫不同的顏色。例如擺的蘋果，大家把蘋果畫成藍的、綠的、紅的、黃的都交雜起來畫。

73

*
おしゃれ：
形容穿著時尚的人

我當時不理解這是因為要培養學生的想像力還是什麼。如果要畫主觀顏色，為什麼大家畫得都一樣呢？我在那裡很難適應，又沒有找到一個合適的朋友，那些同學們也都很壓抑，有一次還在廁所裡聽過有人在哭。

開學時老師講材料一定要買最好的，那樣才更能瞭解材料，於是我也買了最貴的畫筆，其他很多同學也是，每支都要上千日元，現在覺得我那時稀裡糊塗地什麼都不懂還用最好的材料，結果又不用功學習，後來畫畫時畫到中間沒有洗，就放在那裡都乾掉了，不少筆都不能用了。想起當時那些最貴的畫筆真讓我不安。我後來到中國學習畫畫，大家都用中國製造品質很差的筆，一支才一兩三塊人民幣，但大家都畫得很好。反而我自己用著好筆覺得技法都跟不上人，一直還來不及體會那兩塊錢的中國筆和上千日元的日本筆的區別。

我又開始經常曠課，後來有一半以上的時間都沒去，就連快考試的時候也完全沒去，我想我肯定是哪裡也考不上，但也想著試一試、體驗一下，就參加了東京藝術大學的考試。

文化課要參加國家統一的考試，東京藝術大學並不太重視文化課，專業好的話分數低也沒關係，所以一點都沒準備就隨便考了文化課。而專業考試分兩次考，第一次有通過才會有第二次。

考試那天的記憶非常不安，天氣也不好，考場選的地方很奇怪，是日本相撲專門的賽場「兩國國技館」。參加考試的考生有三千多人，從中最後能考上的只有六十多人，競爭非常激烈。因為考生很多，每個人都還要畫畫，大學那裡地方小才可能選那樣特別的地方，相撲賽場的觀眾席大概按一個榻榻米的大小分割的平地，鋪了紅色地毯，一個席坐兩個考生，盤腿坐在地上拿著自備的畫板畫畫。題目是「球」，要用鉛筆素描發揮出想像力來畫出自己想的一種「球」的概念。我腦子裡一片空白，沒去上課受過那樣的訓練，想了半天也不知道該怎麼畫，我只知道寫實的方式，我就用當時我迷的「東方傳統」元素，畫一個好像是我姥姥家的「緣側＊（えんがわ）」的木板地跟白牆加了木頭柱子的那種傳統日本房屋的

＊
緣側：日本傳統建築中位於邊側簷下的廊道，
是個適合休息、發呆、睡午覺的地方

一個角落上畫了一個不大不小的球體。

現在想起那張畫真是很難看，凝視了屋裡面的地和牆交叉的角那裡，視角很小的構圖，好像是小蟲子的視角，因為太難看我最後加了夕陽照過來的影子。那張畫真是很不安。考試結果通常都發表在學校校園裡的布告欄上，

我心裡還帶著一絲絲的期待特意去上野的東京藝術大學看一看，結果當然是沒考上。

中華麵 2007

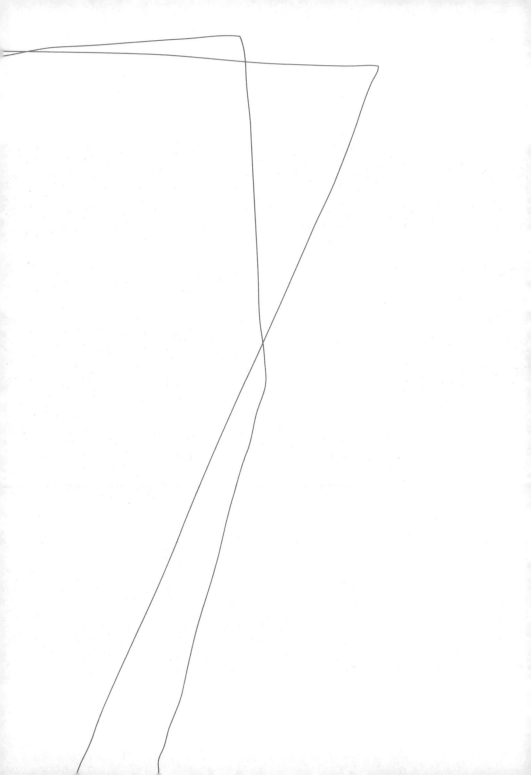

養子之中圖

高中畢業後我就繼續在那個美術培訓學校上課，準備重考。每天都有課，但我幾乎都沒去上，有一次還被老師叫去談話，被教訓說為什麼不來上課，父母繳昂貴的學費很不容易，你要白白浪費掉嗎？我是把那年七十多萬日幣的學費白白的浪費了。那段時間我的精神狀態最糟糕，活得像泡在一個混濁的沼澤裡纏著一身青苔一樣。 在這期間試著做一個作業，題目是「花」。這是照著東京藝術大學的試題方式出的作業，被要求發揮想像力，要跟我們生活中所認識的「花」看起來離得越遠越好，但還是要讓人家知道是「花」，不過是不會讓你就那麼對著花畫寫生。我知道，但我做不到，我只知道對著花畫寫生。我買來一個不怎麼漂亮的粉紅色野玫瑰花盆，因為便宜就買了它。沒地方放就放在了榻榻米上面從上往下看的角度畫。有點跟考試那天畫的構圖類似的角度，那張畫面的記憶更是讓我深刻的不安，那個時候我心裡糟糕的狀態都在畫上面表現出來了，走到死胡同無路可走，舊的榻榻米發出霉味讓人很悶又噁心。那張畫後來也沒完成，也沒有交到學校。

在那段日子裡的一個晚上我在我媽媽的辦公室等她一起下班吃飯。就在她快要下班的時候她的一個朋友打電話來，找我媽要一起吃飯喝酒，我媽說女兒在，那個朋友就說那你女兒也一起來吃吧。我媽問我要不要一起去，我想了想，自己一個人回狹山的家吃飯也沒意思，我就說一起去吧。那個朋友是我媽媽工作上認識的一個叔叔，但也不是甚麼特別有交情的人，只是偶爾會一起喝酒。那天他還帶了另一位朋友一起，這位朋友叫貝ちゃん(chan)，他的工作屬於能掙錢的事什麼都做的那種，讓人印象比較不正經。我們幾個沒有很投合就隨便瞎聊，聊到一些體育方面的話題，他們可能問了我什麼問題，我回答「我對體育沒有興趣。」於是他們就問我「那你對什麼感興趣呢？」我感興趣的東西很多，但那天腦子裡忽然蹦出「中國」於是我就隨口說了出來。然後那位貝ちゃん(chan)就問我說「那妳要不要去？」

後來詳細的事情有點不太記得了，只記得貝ちゃん(chan)把我加到一個團隊裡，但具體的狀況我也不太了解，不過參加

83

的那些人好像是「正經」的。有兩位大學教授和其中一位的太太，還有一位是公司老闆的女兒。就這樣安排了北京六天蘇州四天總共十天的中國旅行。好像是為了讓那些人純粹觀光而安排的，但那位「不正經」朋友貝ちゃん (chan) 託我帶了一個特別重的紙包，不知道裡面是什麼東西，要我交給當地接待我們團隊的一位中國人。

一九九三年的五月底，
那次的旅行把我帶到了新的天地。
我踏到北京首都機場的那一瞬間，
完全像是如魚得水，
我活過來了，
我心裡面混濁的污水完全被洗得乾乾淨淨，
我的眼睛大大睜開，
好像人生頭一次看見了燦爛的光線，
整個環境和氣氛都太可愛了。

我們走在機場裡，抬頭就看到「北京歡迎您」這幾個字，我感受到我真的被歡迎的感覺，而且字體是過去在中國共產體制的時候每次都會使用的那種字體，我被那個字體迷住。那個伴隨了中國動盪時期的字體，對於度過了那段苦難的中國人來說可能會是很可惡的字體，但不知道為什麼，對我來說卻是太可愛又很酷。我們團隊坐車進入北京市區，記得我們經過機場高速走出來的是霄雲路，後來又走到三環路那個時候，我就開始興奮得要爆發了。住宅樓陽臺的窗框、路邊的郵筒、廣告看板、亞運會的文宣招牌和熊貓的標誌等，所有眼睛看見的，都覺得太可愛了，但最讓我迷得昏過去的是一個火腿和香腸的廣告看板。用手繪的方式，畫得特別拙，設計得完全沒有概念，火腿片和香腸擺得很愣，非常的土，但土得太可愛了，我很興奮地按了好幾下相機的快門，但因為坐在移動的車上，全都拍糊了。接著一個又一個的我全部都喜歡。我一路上興奮得我的眼珠都要掉出來了，一直在拍照，十天的旅程一共拍了四十個膠捲，一千三百多張照片。

吃飯基本上去吃高級粵菜，主要考慮到日本老叔叔的口味，那些菜當然都很好吃，但都是在日本的中華街吃過的味道差別不大。讓我更著迷的是椰汁和露露，那個白色飲料也讓我體驗了新的世界，吃飯時每次都要點。有一次去了老舍茶館，當時門票才八塊人民幣，那張票做得也很可愛。邊喝茶、吃茶點、邊看傳統戲曲，那時的感覺讓我很陶醉，完全泡在傳統中國文化之中，而且除了外國遊客還有不少當地中國人享受著傳統娛樂，那個情景讓我感受到了真正的生活，不像最近的旅遊觀光業搞出來的過於華麗很假的那種。

到了蘇州我就租一輛自行車到處轉一轉，看了好幾個蘇州庭園和老百姓住的小巷弄，整個城市特別美。到了盤門那邊開闊的天空和綠地非常舒服，天氣也很好，老人們在溜達溜達，他們都穿了深藍色的中山服，戴著八角帽，很悠閒，整個氣氛非常地樸素。幾個老人擺了攤賣一些小古董，記得買了一個綠色龍的小碗才三塊錢，沒有人要騙我的，那時候的情景在我心裡真是一塊寶貴的情景。但那個時候已經看到現代化

城市建設的不安腳步開始踏進了蘇州，像是剛剛隆重開業的肯德基蘇州第一號店，「東方威尼斯」的水渠上漂著好多垃圾發出的臭味，當時那點讓我很失望，恨不得我能再早幾年出生、再早幾年過來。但要說現在的蘇州呢，我在網上看了看現在蘇州的圖片，簡直是超出了一般失望的範圍，憤怒也沒用，憤怒也超出了一般憤怒的範圍，沒有力氣憤怒，那個樣子還能叫蘇州嗎？

不管是當時共產主義社會建設的城市面貌還是傳統中國的面貌，都太喜歡了。現在想想那個時候的中國，整個氣氛非常樸實，到處都很可愛。我曾經在初三的時候在家裡附近的錄影帶店裡租了《末代皇帝》那部電影，看了以後當時也被整個氣氛迷住，清朝的傳統中國也很美，六十年代共產主義社會制度的北京面貌也很可愛，帶有說不上的味道，很著迷，加上故事情節也很動人，尊龍也很帥，我當時反覆看了五遍。

在旅行的時候得知中國也有美術大學，還有中國的美術教育

特別重視基本功。還看到了在王府井的國際藝苑美術館裡掛著的中國寫實繪畫，我聯想到小磯良平的風格，很茫然的開始覺得好像在中國學習美術也不錯。但當時的我勇氣不足，沒有自信，沒有能力自己決定一件比較重要的事情。還好當時我媽媽推了我一把，她幫我決定了讓我去中國。她後來跟我講過，當時的我相當糟糕，我的眼睛像死人一樣，雖然當時的中國不像現在，去中國學習不是很普遍的事，但不管她心裡有多擔心，她總覺得我需要有一個新的環境去做些改變，所以即使有擔心，她還是決定讓我去。

決定去中國留學以後我的生活開始充實起來。我去我畢業的高中見了我們當時全體年級主任的老師，他叫中村老師，跟他講我要去中國留學的事情，沒想到他已經業餘學習了二十七年的中文，他就說他可以教我中文。之後我到中國以前的幾個月，定期到我畢業的高中找中村老師學習中文。還記得他在學校的教職員辦公室的褐色沙發上第一次教我說了四句話「你好」、「謝謝」、「對不起」、「再見」。日本

人普遍都知道「你好」和「謝謝」，但那是"ニーハオ"和"シェイシェイ"，發音不對。他把發音跟我講很清楚，他一直都強調發音和四聲一定要學得正確。多虧了中村老師一開始很認真的把發音和四聲教了我，讓我很順利的學到比較正確的發音和四聲，也把中國的拼音學得清清楚楚，為我之後的學習打下了很好的基礎。後來中村老師說得了肝炎住在他家附近的醫院很長一段時間，很奇怪肝炎怎麼還沒好，就到東京的一所大學附屬醫院好好查了一下，結果竟然是胰臟癌。在鄉下的一個破醫院瞎治療，弄到晚期已經沒有辦法治好。我快去中國留學前，到他家拜訪，他瘦得讓人很心疼，到九五年的有一天，我在中國的時候聽到他去世的消息，我非常傷心。那時候要回去還需要辦再入境簽證，而剛好北京要召開世界婦女大會，很難辦簽證，我無法立刻回日本參加他的葬禮。我們說好等我學會中文以後用中文講話的，現在沒有辦法實現了。

那段時間我熱衷於看中國電影。國內大部分的觀眾主要看美

國好萊塢電影和日本電影，電視上主要放的也是那些，如果要看的話要特別找到影迷會去的小電影院。在那段時間張藝謀的《紅高粱》，陳凱歌的《黃土地》等片子出來之後，中國電影被一些影迷受到關注。因為我爸爸每次都喜歡買新出的家電，那時我家裡可以看到 NHK 的衛星台，在那裡播放了中國電影特集，我心血熱騰騰地看中國電影。那時候也剛好在新宿的一個電影院裡辦了一個「中國電影節」，我就心血熱騰騰地買聯票，幾乎每個片都去看了。有劉曉慶和姜文的《芙蓉鎮》，著迷整個片子中的景色和故事，對中國鄉村的飯碗和餐桌印象很深刻。還有葛優的《大撒把》特別地喜歡，覺得葛優太牛逼了。不過我在那個時候看的片子中最著迷的是《大閱兵》，陳凱歌導演，王學圻主演，講述了想當閱兵的農村青年們的故事。那些青年們特別純真、健康、美麗，一心想在天安門前作大閱兵行進，經過非常艱苦的訓練，最後夢想成真，特別宏觀。

那段時間我還熱衷於看 NHK 教育台的唐詩節目。因為新式的

高級電視機可以把聲音分成兩種（兩聲道）。舊的電視機只能聽日語的朗誦，但新式的電視機可以聽日語和中文的兩種朗誦，我就聽著中文的朗誦然後跟著一起學，同時影像放著中國各個地方人們的生活，我看著就很著迷。我聽著中文的聲音就很陶醉，聽不懂的時候更能陶醉於那個聲音本身。除了唐詩節目之外，透過衛星台還可以看中央電視台的新聞聯播，也特別愛看。

記得有一次在高中的語文課上
老師給我們放過一次唐詩的中文朗誦
讓我們感受一下，
我那次就覺得中文的聲音很迷人，
當時跟同學講過我想學中文，
沒想到後來真學了。

但學會了以後那些聲音就變成語言，
而那種陶醉就比較不容易享受了。

生活
在北京

一九九四年二月，我在北京的生活正式開始。從那個時候起，我重新誕生了。所有看到的都超級可愛，所有體驗到的都讓我體會了真正活著的味道，所有吃到的都特別的香，原來地道的中國菜是這麼豐富、這麼好吃！人生頭一次感覺到新鮮的能量從身中湧出來。

那個時候的很多情景在我心中變成溫暖可愛的寶物，在我心裡深深扎下了根。九四年的冬天，街上老爺爺們穿的都一樣，可愛的不得了。深色的毛氈材質外套，頭上戴著八角帽，帽頂上還有個小尾巴，手上拿著黑色皮革的方形書包，書包的右下角都有個用金顏色印上的「北京」或「上海」的字，字體也很可愛。如果是「北京」的書包，旁邊就會跟著長城的圖案，真的讓我太著迷了。後來我也買到了印了「北京」和長城圖案的書包收藏，到現在我都還非常珍惜著。北京胡同裡面的小賣部也非常可愛，油漆刷的木制窗框本身就很可愛，每個玻璃上還滿滿地貼了霜淇淋的袋子，花花綠綠的，又土又可愛的設計，實在讓我喜歡的受不了。街上的公共汽車和

無軌電車的設計也很可愛，人們騎的永久牌自行車也很可愛，什麼都太可愛了。

來北京的第二天，我人生頭一次吃到了涮羊肉，在一個便宜的小飯館裡吃的，肉也不是很好的，有點咬不動，但我一吃就迷住了。羊肉的羶味搭配北京式的芝麻醬和香菜的味道，是在日本從來沒有體驗過的全新概念，比第一天吃的全聚德烤鴨更迷人（當然烤鴨也很迷人）。還有讓我興奮要命的是陝西釀皮＊。在春節的廟會上第一次吃到那個食物，感動得讓我的世界又擴大了。釀皮又不像麵，又不像粉，像是麵跟粉的中間，是個完全新的概念，還加了好吃得讓人昏過去的東西──麵筋。然後上面放了我特別愛吃的香菜，加上中國北方的黑醋和各種調料作出來的那個汁兒！迷人得要命。

＊
釀皮：
用麵粉漿汁蒸出來的麵皮

現在回想我當時與本地中國菜的相遇，就像是一見鍾情，突然一瞬間掉進坑裡的感覺，突然間我的世界擴大，原來世界

上還有這麼好吃的東西！那時候才知道在日本吃到的中國菜是為了日本人的口味而做過調整的，難免做得有些假，導致味道不夠深厚。我其實沒去中國以前，在日本的時候吃過兩種東西讓我體驗了地道的中國，而且很感動。高中的時候我媽帶我去橫濱的中華街吃飯，雖然菜做得還是那日式粵式的中國菜，但上面放了一些香菜。我那時人生頭一次吃香菜，一吃迷得眼珠都要掉下來了，我媽說她也很愛吃，但她說味道獨特有很多人不愛吃，吃不慣。我說我太愛吃了。因為對香菜的感動，那次吃飯在我心中留下很鮮明的記憶。

還有一次記憶也一樣很深很鮮明，也是在高中的時候。我媽有一次在特別企劃的中國商品直銷會上買來中國的冷凍餃子。這跟日本人平常吃的日式煎餃子可不一樣，好吃到我的眼淚都要掉下來了。我媽還買了中國製造的、很可愛的陶瓷碗，用很粗的筆畫上寫意的紅色雞，還有綠色葉子，然後把餃子放在那個碗裡。那個時候恰好因為不上學什麼的被我媽教訓，我跟我媽鬧彆扭，我就不吃飯自己關在屋裡面待著。

後來我媽把餃子煮好了放在桌子上讓我吃，但因為我在耍脾氣，沒有馬上出來吃，過一會兒，把房間的門打開一小小縫兒，偷看飯桌上的餃子，瞄到那個畫上紅色雞的陶瓷碗裡裝著可愛的、白白的水餃，看著就覺得特別的香，我受不了誘惑，就出來吃了一口。

那時第一次吃到了地道中國水餃的味道，用手擀出來的餃子皮，比日本餃子工廠做的餃子皮厚很多，帶有家常的味道，餡兒味道也很香濃，不像日本餃子餡兒總是高麗菜和韭菜和一點豬肉的那個死板的老一套。感動到不行，把我當時自卑和後悔的心情化解，心裡面滲透溫暖的淚水。

我到北京時貝ちゃん的朋友介紹一對中國的叔叔與阿姨給我認識，並且讓我在他們家住了一段時間。位置在和平門附近的胡同裡，是一個四合院，院子不是很大但還是住了二十多戶，密密麻麻的還加蓋了好多小屋，我也住進了加蓋的小屋裡。我很想把自己的屋子也佈置成當時在中國很普遍的屋子一樣。看到很多家的窗簾都很可愛，專門為窗簾而設計的紋

樣，又土又可愛的，我也就去百貨店買同樣的窗簾布，用鐵絲和帶夾子的鐵圈的方法把窗簾安上去。然後特別要到了跟很多家擺得一樣的、在當時的中國很普遍的木頭床，設計得非常簡單與樸實。床單、被套也買了還是又土又可愛的格紋，配上當時普遍的枕套，帶有褶邊的，上面刺了一些可愛的動物什麼的，一定是這個模式，很多家都用那種枕套，真的是很棒！我把自己屋子佈置成當時中國普遍的風格，加上自己精心挑選的裝飾，我心滿意足。

在當時的中國買東西都要先跟售貨員說要什麼，或拿來給我看看，然後售貨員從玻璃櫃裡給我拿出來，我才能仔細看到那個東西，如果還想看別的，要再說一下，然後售貨員再從玻璃櫃拿出來，同時把之前拿出來的東西收起來。決定好要買之後，售貨員就會寫個條給我，我要拿那個條走到距離幾十米的收銀台交錢，條上蓋個章，然後把它拿回到原來看東西的地方，交給售貨員之後才能拿到我要買的東西。所有地方都是這個方式。我剛到中國中文還不流利，那些售貨員都

極不親切，一般都在邊啃瓜子邊跟其他售貨員聊天，或者看報紙，有時候趴著打瞌睡什麼的。我跟那些售貨員說話的時候都很緊張，有一次我問什麼東西有沒有，可能因為我說得不太清楚，售貨員就很不耐煩地喊「沒有」。還有一次是我不知道該怎麼說，磨磨蹭蹭的，售貨員就很不耐煩地喊「說話呀！」那樣的時候就很害怕。但在那些玻璃櫃裡面擺的東西都太可愛了，筆記本、鉛筆、毛巾、肥皂盒、搪瓷杯、暖瓶、熊貓的鞋……，都非常非常可愛，而且都很便宜，我一定要買，害怕也得跟她們說話。

我每次買東西都要挑其中最可愛的，經常要讓她們拿出很多個來比較比較，售貨員每次都要拿出一個來之後把之前拿出來的收起來，我每次都要跟她們說「ㄟ，別收起來，我要比較一下。」我在一個一個仔細品味和挑選的時候我得讓售貨員不耐煩地等我。現在回想當時的情景，一般商店屋頂都比較高，掛起來的日光燈的擺設簡樸中還有一點設計感，店裡的氣氛反映了當時社會和人們的單純和簡單，真是很懷念她

們。她們一般都穿深藍色的工作服，胸部紮的別針寫的都是號碼而不是名字，那不親切的態度，老在啃瓜子，太可愛了，真想再次能見到她們。

我在日本時已經聯繫好語言學校，報名了首都師範大學的漢語班。我在日本學了初步的漢語很有幫助，一到中國就能說幾句很簡單的話，也不用把上學的寶貴時間為學習Bopomofo（ㄅㄆㄇㄈ）而浪費掉。到漢語班的第一天做了測驗，被安排到二級班，學習最重要的語法和表達，語法、說話、聽力一共三門課四個半月的課程。我上二級漢語班的那段時間真是活得開花了，早上八點就要開始上課，從我住的地方到學校需要一個小時的路程，愛睡懶覺的我也每天早上七點以前起床，七點出門，那一學期每天都好好地上學了。我暑假回日本時見到我高中朋友甘川さん(san)，我說「我在中國每天都上學了！」她就說「哇，你好厲害啊！」但接著她又笑著說「ㄟ，這有什麼厲害！每天上學是理所當然的事啊！」

上學的路線是從和平門坐地鐵到車公庄，然後換乘公共汽車到花園村。這個上學的路線給了我很大的活力，我的眼睛大大睜開，全身感受著從來沒體驗過的能量。每天走進地鐵站，因為早上人特別多，走到售票處那裡一大堆人圍著小窗口，誰也不排隊，如果老老實實地「排隊」永遠也買不到票。我就鑽進人堆裡，拿著五毛錢把手臂往人縫伸出去，大聲喊「一張！」當時坐地鐵一律五毛錢，只要說張數就行。坐上車，特別擁擠，都叫「ㄟ，別擠！別擠！」但都在擠，要下車的話都要提前問周圍人「下不下？」然後一點一點地往門前擠去。我一般儘量在門前站著，喜歡觀看每個車站的樣子，屋頂非常高，帶有濃郁的「共產」氛圍，尤其喜歡看車站的站牌，還是那個很「共產」的字體，看著就很陶醉。

我為了多睡一會兒覺，一般不在家吃早餐，因為路上就可以吃東西。我當時最愛最常吃的兩樣東西是地鐵站裡賣的「百萬莊園」的漢堡包和公共汽車站周圍賣的煎餅。「百萬莊園」的漢堡包比較難吃，但我非常愛吃，我一般點雞肉漢堡，是

最合我的口味的。用微波爐熱出來，麵包又乾又濕，口感很奇妙，咬起來一開始很軟，但咬到最後像是咬紙一樣的感覺，裡面的肉餅一定加了比較亂七八糟的東西，不是純粹的肉，肉的成分很低，還加了不太新鮮的生菜片、酸黃瓜片和沙拉醬（Mayonnaise）。這個沙拉醬的微甜味是最關鍵的，它把麵包、肉餅、生菜等所有不好的材料都融合成為彼此協調的美味。在日本完全沒有甜味的 *Mayonnaise*，全是酸鹹的，對我來說微甜的 *Mayonnaise* 又是一個全新的世界。

我每次都配巧克力奶一起喝，這樣更提升整個的味道。這一餐一共是五塊錢，對當時的物價來說是頓有點奢侈的早餐，但我很迷「百萬莊園」的那個難吃但又很好吃的味道，捨得多花幾塊錢來享受它。

有時候換一下口味，就不在地鐵站裡吃「百萬莊園」，而是從車公庄站走出來到公共汽車站，周圍就有幾個小攤在賣煎餅。這也是我非常愛吃的，讓我體驗了開闊大世界的食物。

把和好的麵糰攤成很薄很大的薄餅，上面放雞蛋稍微攪和一下後翻過來，塗上兩種醬和一點辣椒醬，放上蔥花、香菜、黑芝麻，最後放上很脆的炸餅，然後折疊成約四到五公分厚、十到十五公分大小的形狀。熱呼呼的雞蛋的黃色，一粒粒的黑芝麻，鮮嫩的蔥花和香菜，看著就很幸福，吃了更幸福。我很著迷香菜，正好在學校學了「一點」的語法，先事先問老師要多香菜的說法，立刻就用上了。「多放一點香菜！」阿姨就給我多放一點，那時心裡的成就感到現在都很鮮活。

到車公庄換乘公共汽車，還是一樣都不排隊，一堆人隨便站著，車一進站，那堆人呼嚕嚕地跟著車使勁跑！如果運氣好，車門就停在我面前，如果不在我面前停也沒關係，我也跟著使勁往裡擠，使勁從人縫裡趕緊鑽進去，趕緊占座位。現在回想那是一個很好玩很開心的過程，可以使勁往裡擠，使勁往裡鑽。在日本那環境想要也絕對要不到的。在日本坐地鐵、電車和公共汽車都要死去活來遵守秩序，如果不小心稍微那麼一點搗亂就要遭受周圍人沉默的白眼，得跟人家對不起個

沒完，一點都不好玩。

到了學校，就看到一個個師大的中國學生帶著自己的搪瓷飯碗往一個方向走著，他們的穿著真是有點土，比較不可愛的土。當時在日本大家穿的牛仔褲是直筒型的，很驚訝那些中國學生都穿了緊身型的牛仔褲，緊身型的牛仔褲在日本我初三的時候已經不流行了，在當時的日本因為已經過時穿了就很丟臉，沒有一個人穿。到了教室教我們語法的女老師長得非常漂亮，皮膚很白，氣質優雅，像仙女一樣，但她每天都穿同一件毛衣和秋衣 *。毛衣的圓領上露出秋衣的高領，高度是三公分左右的，那種高度的高領秋衣很難看，而且顏色很俗氣。依我的觀察，她那樣每天連續穿了一個多月，那件秋衣是連續三週，但之後換的又是不同卻一樣俗氣顏色的高領秋衣，讓我非常驚訝。老師長得這麼漂亮卻是這樣的打扮，如果她是身在日本，只要稍微打扮打扮就可以當一個超牛靚女呢。

＊ 秋衣：
指秋冬季節穿的一種長袖舒適貼身的服裝，
一般穿在外衣或毛衣等的裡面，類似台灣的衛生衣。

在日本連續穿同樣衣服也是很丟臉的事，沒人敢。如果有時候偷懶不洗澡，也得換衣服，那些衣服偷懶不洗，過幾天再穿，也得換衣服，不然被大家認為沒換衣服等於沒有洗澡沒洗衣服很髒。其實說實在的我從小就不喜歡洗澡，覺得弄濕了很麻煩。但日本全人民都說他們非常喜歡洗澡，每天都要洗，一天不洗很難受，大家都認為那是理所當然的事。絕不敢說出「我昨天沒洗澡」或「我不愛洗澡」。

當時北京的生活條件上，每天都洗澡是不太容易的事，但北京的氣候非常乾燥，不洗也不那麼難受，尤其冬天更加乾燥，一個月洗一次的也是很普遍的。但他們一定每天都洗腳。我透過電影已經知道中國人每天洗腳，他們用的盆是圖案非常可愛的搪瓷臉盆，用的暖瓶也特別可愛，我對那個情景懷著尊敬和憧憬的心，我也試著每天洗腳，當然一定要用可愛的臉盆和可愛的暖瓶！但我還是無法堅持每天做，反正隔幾天洗一次澡，偶爾偷懶沒有太大影響吧。我在中國從穿衣服的壓力解放，從洗澡的壓力解放，沒人看你穿得怎麼樣，沒人管有沒

有每天洗澡，那麼漂亮的老師也那樣，我來到了很開闊明亮的新世界，感覺又像是如魚得水，獲得了新的生命一樣。

在那裡學習中文的過程很充實，教語法的女老師教得非常好，教說話的老師教得也非常好，還很會逗樂我們，教聽力的老師性格很溫和，老師們都非常好，我學習中文每天都很開心。而且學一句馬上就能用上，中文能力一天比一天地進步，二級班的學期結束的時候基本生活上的事情都可以跟中國人溝通了。

我住的四合院應該有幾百年的歷史，院兒裡的好多加蓋的小屋遮蓋了傳統的模樣，但仔細看好多角落、大門、主屋，都有著很精彩的雕刻，能想像過去清朝的時候這些住宅的美麗面貌。爬到我小屋的屋頂，看望周圍，一片那些傳統老舊的瓦頂，特別美，中間還有一些近代蓋的老舊洋樓，我也很喜歡，有一些當代的樓也不討厭。我很喜歡爬到屋頂觀看周圍的景色，尤其在黃昏時刻，一群鳥飛過去的時候更加的美麗。

我在那裡的生活非常美好，有一個四川來的姑娘做保姆每天給我們做很家常的飯菜，我都非常地愛吃；有紅燒肉、紅燒魚、肉炒扁豆、芹菜香乾、炒土豆絲、肉末豆腐、雞蛋番茄、涼拌豆腐絲、炸醬麵、打滷麵、水餃……在這裡寫不出全部，樣樣都太好吃了。有的時候幫忙洗碗，四合院裡的條件用熱水比較不容易，在廚房就用涼水洗。在冬天水溫冰得不得了，一會兒手就冰得沒什麼感覺了，但我住在別人家就應該幫忙，我就使勁認真地把洗碗這份工作完成，在那時候感受到從來沒有體驗過的成就感。當時我透過那樣「條件較差」的生活感受著真正生活的美，除了洗碗，生活上處處都會有一些「不方便」讓我的生活更加地充實起來了。

比如在我住的小屋取暖就用很傳統的爐子燒煤，我高高興興地學習怎麼燒，很快就學會了。那時心裡很得意，日本年輕人誰也不會燒煤，連我父母年代的人都不太會，就我一個人會！雖然有一次我忘記開窗戶，差點中毒死去了，但經歷了那樣有著生命危險的遭遇後，反而更加強烈讓我意識到我擁有生命，「我在活著」！

經歷了那樣有著生命危險的遭遇後，
反而更加強烈讓我意識到我擁有生命，

「我在活著」！

富士山 2008

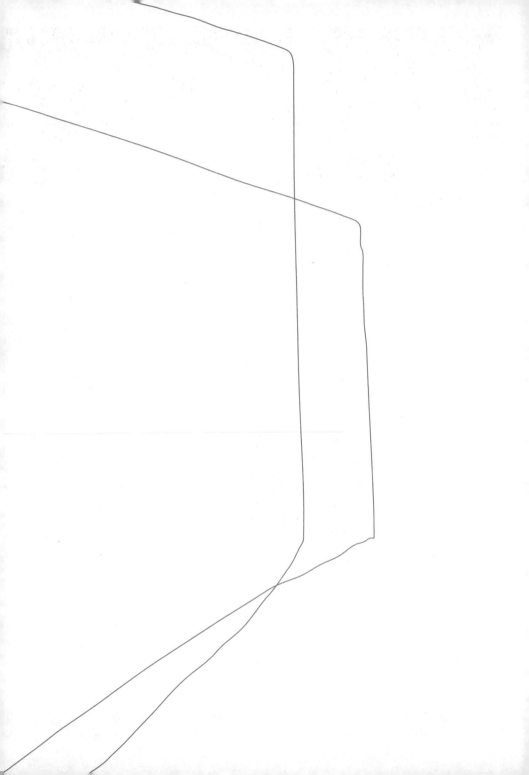

在中央美術學院學習

如果有人問我
「你受了哪個藝術家的影響？」
我就會回答
「我受了二畫室的影響。」

一九九五年九月，我入學中央美術學院油畫系本科，在中國學習美術的日子開始了。當時對留學生的要求不是很高，尤其油畫系的留學生不像國畫系那麼多，要求更低了。我還是沒有經過刻苦學習的過程，以留學生的身分占了便宜，又輕鬆地考入了一個學校，而且能受的是在中國最高等級的美術教育。可是我的水準與同學們的水準差距非常大，這種差距繼續讓我處在「沒自信」的狀態中，所以更失去積極性，我為自己的學業沒怎麼付出力量，要是我當時真有付出了一些什麼，頂多就是每天早上起床趕校車上學那件事。那中間有一陣子我的老毛病又犯，經常起不來就不上學，或遲到。有時候即使去上課了，上午時間總是很睏，到了模特兒休息的時間，我立刻就倒在沙發上睡覺。有時候連休息結束，模特兒上臺再開始畫畫的時候我還在睡得很香，就那麼繼續睡覺，一直到老師來了，同學們就叫我「飯田，老師來了！」我才慌慌張張的起來回到自己的位置上。真是很不好意思。

當時的中央美院從第一年級就分專業，油畫系一共有四個工

作室，每兩個工作室隔年招一次新生，所以我入學的那年能選擇的是第二或第四工作室。我進入了第二工作室，除了我以外還有五個新生，還有三年級的六個學生和一個馬來西亞的留學生，一個教室裡一共十三個學生每天一起畫畫。每個工作室都追求不同的風格，我們通常稱作「畫室」。一畫室為古典，二畫室為印象派，三畫室為表現，四畫室為前衛，分得很清楚。學生們畫出來的風格基本上隨著上述的風格。我當時來中國學習畫畫就剛好選到二畫室也是我當時喜歡的。小磯良平那種寫實風格就很接近二畫室的風格。但真是沒想到，要學會那麼畫，要走的路非常非常遠。我們班上的中國同學幾乎全部都在中央美院附屬中學時就已經受了四年的專業訓練，所以剛上大學一年級，他們畫畫的技法已經相當好了，我畫得比他們差得遠得非常多，怎麼畫都跟不上他們，一比較就能知道我畫得很糟糕，心裡壓力很大。中國同學們可以輕鬆地邊聊天邊畫畫，還可以畫得特大，畫面造型能抓得相當到位，大家都熟練得要命。雖然我們畫室的老師們都很認真的指導我，沒有因為我是留學生而對我馬馬虎虎

交待，但我瞭解到老師所講的基礎理論，我還需要很長的一段時間才能學會呢。這一段畫畫的過程，我一直感覺不到快樂，反而很痛苦。

當時中國的美術大學的課程與日本或其他國外的很不同，主要課程內容全部都是寫生。在中國可以當模特兒的人非常多，工錢也很便宜，其他很多系都用很多人物模特兒，而且那是在寫實的繪畫和雕塑的教育中最好不過的素材。所以主要課程畫的都是人物。一年級時有幾次要求用鉛筆素描以外，主要還是用油畫寫生的課程比較多，偶爾有石膏像和靜物的課程。除了寫生幾乎沒有什麼讓學生用想像力去創作的課程。記得只有在三年級的時候有了一次創作的課題，但有兩個要求：畫的內容為「街頭」，以及畫面要有五個以上的人物。而在這之後我們是一直到四年級的畢業創作時，才第一次可以完全自由的創作。

我雖然覺得畫畫很痛苦，但覺得這種方式對我更好，反而日

本的美術大學那種教育方式會讓我更累。在我的藝術世界觀什麼都沒有形成以前，就要讓我自由發揮，我會不知道往哪個方向發揮，會讓我非常迷惑。我雖然老是畫不好，但還是嚮往著同學們畫出來的那樣，造型很到位，顏色很好看的，筆觸很輕鬆的那種寫實繪畫，嚮往著我們二畫室的風格。經常看到同學們畫出來的人物或風景的寫生感到敬佩，還有過幾次看到同學們的作業當中有特別美麗的色彩，也會深受感動。二畫室的風格中注重色彩的部分，同學們也發揮得很好，從那部分我受了不少的影響，我很感謝二畫室重視色彩的教育，讓現在我有了一套我自己運用色彩的方式。如果有人問我「你受了哪個藝術家的影響？」我就會回答「我受了二畫室的影響。」

在中央美術學院每年要求學生下鄉兩次，一次要去四週的、一次去兩週的。記得一年級的中國學生都要去兩週的軍訓，所以免了一次兩週的下鄉。一九九六年的六月，我們入學後第一次跟同學們和老師們一起到鄉下做了一趟寫生旅行。那一次下鄉在我心中留下了最深的記憶。那次老師們特別安排

了一輛專用的大巴士，一路上都坐大巴士，隨時隨地遇到好風景就停下來寫生。我們還特別請了一位師傅幫我們開車，跟著我們一起下鄉，那位師傅性格開朗，人很不錯。

我們的路程主要在山西省的北部，停留了不少地方，順便也去了大同參觀雲岡石窟和其他一些古跡。有的地方就只待一兩天，有的地方長一些，最長時間有待到兩週左右。一路上親身體驗了中國西北部的大土地，超乎意料的大，大得要命，站在那裡感受到土地的大度、寬宏大量、強壯，但很嚴酷，是說不出話來的一種美。因為要走的路很長，我們在巴士裡面待的時間也很久，有時候同學們輪流唱歌，記得我唱了孟庭葦的〈你看你看月亮的臉〉（之前我自己在家隨便練過幾首中文的流行歌曲）。一群年輕人輪流唱歌的情景是之前我在日本上學的時候從來沒有體驗過的氛圍，可能我父母年代的人，年輕的時候在日本也有過那樣的氛圍，但我這個時代大家會覺得那樣唱歌是老土、害臊，只有去練歌房唱歌時才可以。我親身感受到了像是前一個時代年

輕人的青春，雖然不完全屬於我，但所謂的青春就在我眼前，真的很青春，搭配了山西大土地的背景，更加地美。

我在日本成長的環境裡感覺「青春」這個詞已經被流逝的時代埋沒掉，已經不再是屬於我們的。我們是屬於沒有很大的熱情，也沒有很大的悲傷；滿足於物質生活的氛圍中，該做的事情就是應付一下（我是連應付都不會，而是直接不幹）。整天研究的是怎樣穿衣服更牛逼，什麼音樂更牛逼，什麼電視節目更牛逼，什麼漫畫更牛逼。沒有很大的不滿，但也沒有很大的滿足；物質上什麼都不缺，但總感覺不到「幸福」這種詞的意思，也沒有人想。

在那裡什麼都很單純，一大片只有大自然和動物和人，從來不知道「單純」原來是很美的。我在日本的時候，幸好還能接觸到藝術那個領域，也算是一種慰藉。但我當時接觸的是比較複雜的藝術，我一直以為複雜的更美，單純就是簡單沒意思，對有些讚美單純之美的言詞無法理解。但當我站在那

塊土地上時，我才終於明白了。對我來說那是一個衝擊，我一直羨慕過去時代人們心靈純真，心懷希望和夢想，努力前進的樣子，透過小說或電影或電視劇等東西，或者聽我姥姥或我媽媽長大過程的故事，我自己感覺是那樣。但在那裡卻是超越更多我以前所謂的「過去的時代」，讓我感覺到了人與自然更原始的狀態。

有幾次我們的大巴士停下來我們就不畫畫，下來走一走轉一轉。有一個地方印象特別深刻，因為那裡的景色實在太美了，幾乎看不見任何人工的東西。看見了也就是黃土做的小屋，在景色中一點都不礙眼，除了我們以外的任何東西都很協調。又因為很大，連我們也都融入其中了。土地長得很有表情，又有綠色的草地和一些樹，又有懸崖，又有河流，整個很大一片只有很大的天空和很大的土地，就像走在夢幻中。我問了那個地方叫什麼，記得叫「老虎灣」，我們在那裡待的時間不長，離開的時候非常不捨，我想著以後找機會再來這裡，但太難再找到那地方，也沒有再來山西了。我們在那裡各自

轉了一段時間，還一度走上了懸崖旁，視野非常開闊。然後走著走著就跟著一個同學結伴往下攀爬到半山腰上，走在路面很窄的小徑上，因為路實在太小了，所以相當危險。我們倆就小心翼翼的再攀爬上去，走到一個很廣闊的平原，看見有一個住家，周圍沒有其他東西，同學就說「咱們進去休息一下吧！」於是我們敲了一下門、打聲招呼，那裡面有老大爺和老奶奶，很自然的款待了我們，給我們倒熱水喝。

那然沒的見我時特別驚訝，第一是那樣只有大自然驚訝的有人氣的地方還有人住，然後更驚訝的是他們的眼睛特別的純真，是從來沒過的單純，散發著非常透明的光線，我很感動，原來人真正的生命是這種樣子。

現在回想起那次旅行，一路上走得很辛苦，但一直都有美麗的大自然陪伴，那種苦與美在我的人生中是很重要很珍貴的體驗。我在那時候的那種體驗在我心裡和精神上變得越來越重要，越來越鮮豔，生氣勃勃。對於在日本八十年代物質上華麗豐富但精神容易空虛的氛圍中長大的我來說，能夠在九十年代的中國鄉下體驗到的生活，可是相當難得。那個雄偉的大自然和純樸的人們，還有生活的艱苦，教誨了我非常

重要的價值。

當時學校安排的下鄉課程經費都不會給很多，比如說要是坐火車的話，因為學生身分，理所當然要買學生優惠票，那就只有硬座。學生貧窮理所當然，多吃一點苦也是應該的，所以當時的下鄉一般都買硬座票。記得三年級時的下鄉我們去了東北，大概是十七八個小時的火車路程，整個晚上也都要坐著，晚上睡覺不能躺著睡，實實在在地痛苦。那之前我也經歷過不少次在中國的旅行，我不記得我第一次體驗「晚上不能躺著睡覺」是在什麼時候，但有一次記憶深刻的經驗是在從桂林到北京二十七個小時的火車路程中。那次要上車的人非常的多，連硬座票都買不到，只有「無座票」，很多人都買無座票上車，全部走道滿滿是人。晚上在硬座車廂裡狀況很慘，從走道、座椅底下、到車廂上面兩側放行李的架子上也都滿滿是人。有占到位子的，能躺就儘量躺著，或能伸直就儘量伸直睡覺，有的伸不直身就靠著牆，起碼能伸直腿也算不錯，真是沒有一點點多餘的空間。我跟朋友那次還真

123

是很幸運地一上車就找到有個放行李的空間裡有幾個礦泉水的紙箱子放在那裡，跟頂部有三十公分左右的寬度，我們就往那裡鑽進去待著或睡覺，但腿沒有辦法伸直，膝蓋要彎著腳在地上，就那樣度過了二十七個小時。當時想著「比不能躺要好得多，這紙箱子算是舒服的。」在中國坐火車有過幾次比較痛苦的體驗，實實在在感受到了「能躺著」睡覺的幸福。

我們那次坐的是可以坐五十人的大巴士，人員包括老師一共十幾個人，位子很多，所以坐車方面算是非常舒服，只是有時候顛顛簸簸的路要坐的時間很長的時候比較辛苦一些。住宿當然也都要住最便宜的「招待所」。基本上都是一個人一天十塊錢人民幣，一般都是簡陋的床，有時候被子感覺也不是特別的乾淨，但還是一個原則，能躺著睡覺已經很不錯。我想當時的教育方針和那個時代的氣氛，實際經費少的問題也有，但下鄉的意義中重要的一部分是「讓學生多吃一點苦」那個意思，而且大家都知道這個意思，誰也不會發牢騷，大

家都很能吃苦，不像最近的美院學生下鄉聽說可以坐臥鋪，住得吃得也都很不錯那樣。我記憶中那次更辛苦的是吃飯，因為我們去的是山西省，那邊的飲食習慣主要是吃麵，我們一路上都要吃最便宜的食物，所以每次每個人吃一碗麵條，幾乎沒有菜，只有一點點小小的菜丁。有一陣子天天吃那樣的東西，一開始我還覺得不錯吃，但連續吃就開始痛苦了，吃不到多少菜，更吃不到肉，吃不到米飯。經過那樣的過程之後，能吃上一次很普通的家常菜和米飯，那時就會覺得特別好吃與珍惜，知道了原來又有肉，又有菜，又有米飯，能吃上那樣的一餐真是很幸福。

那些生活條件的差或好，在那裡只有習慣的問題。你在某一種生活水準上生活習慣了，如果有一天變差了，適應一段時間習慣就好，跟我們的幸福或不幸沒有什麼關係，如果有關係的話是因為不滿足於那個環境，老跟比自己更好的做比較，才覺得不幸。反而差了能得到幸福的機會就更大了。

當時在那樣條件下生活的當地中國人裡，我很少看到臉上寫著「我不幸」，反而我在東京的時候總是看到有不少的人臉上寫著「我不幸」，可能以前我也是其中的一個。

我們走了不少地方後，後半段的時間我們就在一個地方待了下來，踏踏實實的畫畫。在山西省的最北邊，大概待了兩週左右。村子裡的中心有一個能淋浴的公共澡堂，我們住宿的地方是個開飯館的，周圍也有一些商店，但在那裡最大的特點是沒有自來水。我們用水每天都要去附近的河邊挑水過來，放在大缸子裡用，都是男同學們輪流去做這個活，他們相當辛苦，所以用水很有壓力，要看看大家的用量，能少用盡量要少用。我們都不能常洗澡，所以有時候需要洗頭時，就要更小心用水了。因為那裡開飯館，我們在那時候吃的比起那之前一路上吃得好很多，有菜有米飯，但也是在山西省比較貧窮的鄉下，不能跟城裡的比，肉類的東西也很少，整個菜量按我們的人數來說還是少很多，對男生來說更是不夠，偶爾老闆熱心給我們加個菜，我們都特別地感謝，但很快就又

吃光了。後來我看見他們的洗碗方式，就有一點點不安了。我們同學和老師們還有老闆一家人大家用的碗筷都放在一個大盆裡，注入從河邊挑過來的水，簡單涮一涮就洗完了。不可思議的是盆裡的水是黑灰色，我很納悶兒那個顏色是從哪裡來的。（其實在北京的王府井小吃街那裡，當時也用那樣的方式洗碗，水的顏色也是黑灰色。現在回想，這個黑灰色應該是中國北方的土造成的，地上放者大盆很容易讓土掉進裡面去。）在那裡畫畫我就更痛苦了，真是畫不好寫生，天氣也很熱，身體慢慢積累了疲勞，那樣過一段時間後突然有一天我的胃激烈疼痛，之後跑到廁所裡上吐下瀉很嚴重，但其他同學都沒事。那時候是九六年，我到中國生活的前兩年還是經歷過幾次這種狀況，但記得九七年以後就沒再發生了。九八年和九九年我跟當時的男朋友一起走過不少相當偏僻的地方，時間也很長、很辛苦的旅行，但不管衛生條件再怎麼不好的地方，吃東西就一點都沒事兒了。我的嘴很符合中國的食物，但當時我的身體還是水土不服的狀態。我記憶中在那裡過的日子最辛苦，但親身體驗那種生活很難得，似乎明

127

白了「吃苦重要」這種話的意思，用身體學到更真實的生活，都市生活中不容易感受到的重要的東西。

在北京的生活其實也體驗了各種比較「辛苦」的條件，但我的心很投入中國的環境、食物、中文、中國人等⋯⋯一切屬於中國的東西。當我遇到一些跟日本生活不同事情的時候，我就覺得「啊，中國是那樣」直接接受，然後我也跟著他們，他們怎麼做，我也怎麼做。我的記憶中沒有特別覺得讓我不適應的事情，一到中國就很適應，而且活得都很高興。但要是說到廁所，對沒有遮擋的部分我一開始也是有點不適應。還記得剛到中國的時候得到一次機會跟幾個中國朋友們一起出去玩，那時有一個公共廁所裡沒有任何遮擋的牆和門，我還跟她們說不好意思我有點不習慣而刻意錯開上。但如果是在下鄉什麼的，就不得不在那樣的廁所，使用的次數多了之後，也就慢慢地習慣了，但我還是繼續心裡希望最好有門有牆。中央美術學院的教學大樓裡的廁所都有門有牆，但高度只到能擋住腰部的程度，記得剛上美院的時候我看到有門有

牆就放心了，高度不高那個問題並不大。但那個時候常看到根本不關門上廁所的同學，我一直都很納悶，為什麼有門不關，開著門上廁所。

後來一次又一次沒辦法的情況積累之下，跟同學們一起上沒有遮擋的廁所，我也更加地適應了。每年兩週的短期下鄉寫生，我們都去了北京郊外，有一次在那裡經歷了一件非常難得可貴的體驗。在我們住宿那裡有個很寬敞的野生廁所，房頂和圍牆都是樹木和草做的，男女分開，但進去裡面沒有任何遮擋的東西，就只有幾個坑。有一天早上天氣很好，天空很藍，我在那裡上廁所，有一個進修班的同學剛好走進來，我們打聲招呼，接著隨便聊，邊聊邊上，因為聊天，我就不小心轉頭看了她，那個時候「………」瞠目結舌，我看到了人生最重要的東西，不是誰都看得到的東西。那位同學的屎正從她的屁股慢慢的湧出來，還是很健康、很粗、很長的一條。我把這個體驗當作我人生的寶物。因為在中國所以才能體驗的。在我的心裡和腦子裡，似乎某一個卡住的東西一下子掉了下來一樣，什麼樣的人還不都是一樣。從此我就達到了跟中國人一樣的境界，

我們的屁股都一樣，屎也都一樣。我明白為什麼有很多人有門也不關，因為沒必要、懶得關。我知道了廁所門可以不關，我上廁所就更方便、更輕鬆了，而且碰了它還不衛生呢。

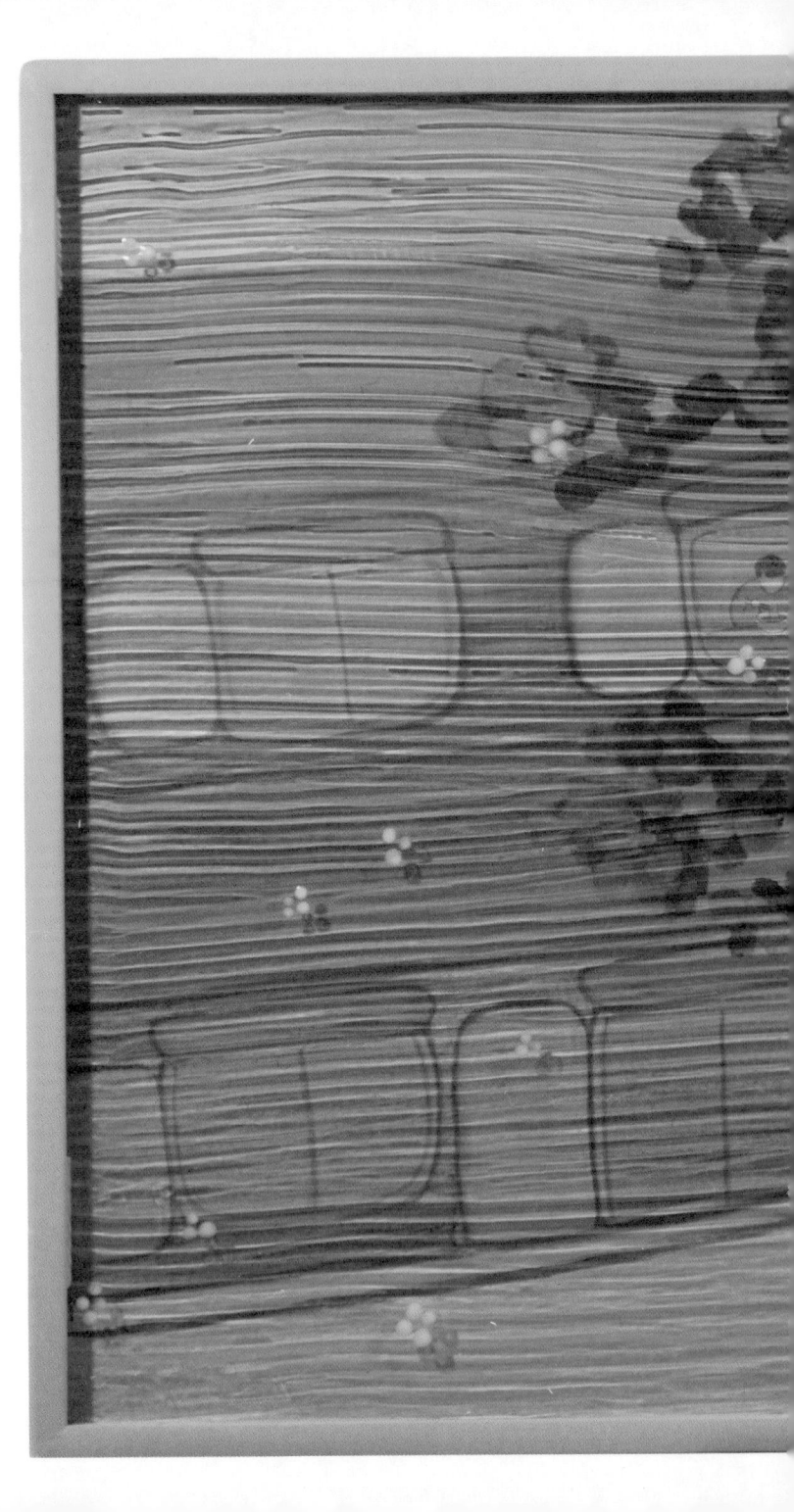

晚夏 2011

韓國的
魅力

我在北京透過很多韓國朋友們的交流，讓我深入體驗了韓國的生活和文化，對我的人生來說是一個很重大的體驗。後來我去韓國學習語言，中間也因為跟韓國男朋友較長時間交往的關係，雖然真正在韓國的生活沒有很多年，但到現在斷斷續續，我經歷了一共有十多年的「韓國生活」，我到現在有來往的朋友中最多的也是韓國人。在中央美術學院每年都有非常多的韓國留學生，我在讀本科那時全校大概有七十到八十個，後來我回來讀研究所的時候已經超過了一百個。而日本留學生一直都是二十個左右。我深入他們的生活和文化的獨特氛圍中，開始體驗另外一種東方文化。又像中國，又像日本，又完全不一樣；又近又遠，又熟悉又陌生。我越來越被韓國文化那種說不出來的魅力給強烈吸引著。

我人生第一次接觸到韓國是小時候教會的老師「まさみちゃん（masami-chan）」送的黃色緞子上印了韓服女人的錢包，對韓國的印象是非常模糊的，而且小時候還什麼都不清楚，在朦朧中感覺韓國像那個錢包似的，是個老土神祕的地方。

第二次是我媽媽在東京池袋買了一間小公寓當辦公室的時候，那個附近的韓式燒烤店「阿里郎」。我媽說店裡環境土裡土氣的，但食物味道不錯，所以常來。這兩個印象很深刻，第一個大概在我九歲的時候，第二個大概是十四歲左右，當時沒意識到什麼，但這兩個記憶很強烈，讓我越來越著迷。阿里郎燒烤店裡環境很老氣，看得出來已經開了好多年，裡面很多人，很有人氣，感覺生意很好。

印象中屋子裡因為烤肉的煙，熏得發黑發黃，牆壁是褐色木頭板覆蓋的六十、七十年代流行的那種。那種牆壁我小時候在朋友們的家裡或者其他地方很常看見，我一直覺得那種牆壁很不安，而「阿里郎」和那個錢包都帶有一股同樣味道的不安。

我之前在日本的時候關於韓國的資訊比起中國少很多，當時很少人關心韓國，雖然關心中國的也少，但畢竟是歷史悠久的東方大國，關於中國的事情總是會有相關的資訊。我先是對中國和中國文化有了很大的興趣，所以在我的腦子和心裡

面中國占了很大位置的時候是沒有辦法覺得韓國有意思。那個時候茫然地認為韓國的東西沒有中國有意思，關於韓國的事情我除了知道「韓國燒烤」、「韓國泡菜」以及「石鍋拌飯」以外只有那個很奇怪的文字，很多日本人認為那是「拉麵紋樣」。日本的老土中國料理店裡賣的拉麵的碗上通常都有著那樣的紋樣裝飾，韓文跟它長得很像。對韓國的認識被一種茫然的封閉老土的狹小印象擋住了。也就因為之前那樣不瞭解和被放在小小的框框裡封住的印象，當我接觸到活生生的韓國的時候，感覺到一種新鮮又開闊的新世界。

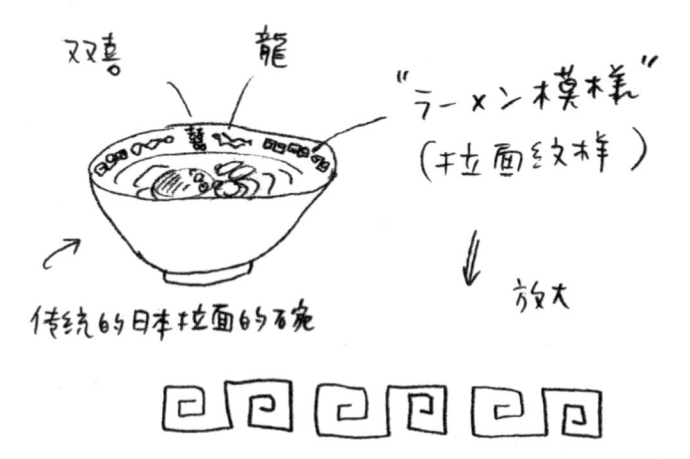

還記得很清楚，而且越來越鮮明，我人生第一次與韓國朋友交往的回憶。我們油畫系的留學生本來就沒幾個，但有兩個韓國留學生。在一九九六年，本科二年級的時候我們班對面三畫室的一個韓國女孩突然有一天找我一起吃飯，覺得很突然，因為之前也沒跟她聊過多少，但我個性喜歡什麼都接受，我就跟著她去吃飯。那天的記憶很深刻，是我第一次感受到活生生的當代韓國。

她帶我到一個學校附近京順路路邊的小巷子裡面比較破的一個平房，周圍也幾乎沒有什麼店，不熟悉的人很難找的位置，是朝鮮族開的韓國料理店。點了兩個菜，太可惜我怎麼忘了其中的一道菜呢，靠著模糊的記憶好像是拌了綠葉的蔬菜和胡蘿蔔絲和某種肉類的東西；另外一道記得很清楚，是土豆煎餅。桌子上鋪著藍色的格紋帶花的那種土土的塑膠桌布。那兩道菜味道很好吃，感覺很隱祕的那家小店，那個女孩那樣突然的招待，有點像是忘不掉的一場夢一樣。她說這餐她請客，但是日本年輕人都習慣 AA 制＊，我慣性地愣了一下，

139

AA 制：
活動的參與者，要平均分擔所需費用，
通常用於飲食聚會飯局或旅遊等活動場合。

但她說在韓國的話就是要這樣，我說「是嗎？」然後就接受了。

從那天以後她常找我，我們慢慢親近了，兩個人一起請學校的文化課老師輔導中國文學，也一起去了天津、長沙和桂林等地方旅行。透過她我第一次認識到那奇怪的韓國文字，第一個學會的字是「拌飯」（bibimbab）。透過這個字我馬上理解了韓國文字的結構，很快的就記住怎麼寫。瞭解原來只是拉麵紋樣的字，在我眼中慢慢地經過又是紋樣又是字的過程，感覺很性感，越來越意識到那個樣子很東方，越來越對那個文字著迷，那時候每當我在北京的路邊看到韓文就努力的讀。她還有一次告訴我一種食物叫「laboggi」（泡麵辣年糕），叫我去她宿舍，她做給我吃，也是很新奇的體驗，從來沒有體驗過原來泡麵也可以這樣吃。她說做法很簡單，讓辣味的湯汁被泡麵和年糕吸進去，只剩少許的湯，然後在上面加上一些芝士火腿什麼的，充分地發揮了泡麵很低俗的味道。年糕、火腿、芝士和辣味湯這種搭配讓低俗味昇華到另一種美味，

溫突醬湯 2008

讓我特別新奇。

那個女孩後來轉學到美國去，可惜之後就斷了聯繫。但之後
我又有認識其他的韓國朋友們，和他們的來往也更加頻繁，
也有人會跟我做語言交換。跟他們交流的過程中，我最感到
有勁頭的時刻還是吃飯的時間，跟著韓國朋友們去韓國餐廳
吃飯，給我開拓了更大、更新的天地。之前我在日本時認識
的那幾種日式韓國料理真是只有一粒豆子的大小這麼多，現
在我才真正認識到韓國料理的世界。黃豆渣湯（kongbiji-
jjigae），辣燒雞湯（dak-doli-tang）等很多食物都讓我非常
感動。在北京由於韓國人居住的多，也有很多朝鮮族的關係，
能吃得到相當地道的韓國料理。不管正式的餐廳料理，還是
家裡的便飯也一樣，每一餐都對我來說都很新奇又好吃。有
時候在宿舍的走道上偶然遇到韓國朋友就可以去他們的房間
蹭飯＊。他們這種隨和與好客也與日本人交流感覺很不一樣，
跟中國人也有一點不一樣，讓我越來越喜歡跟韓國朋友玩。
跟他們「很隨便」地吃飯，瞭解韓國食物非常方便，如果家

142

蹭飯：
指白白到別人家吃飯或跟著別人吃飯，
自己不掏錢。

裡沒什麼菜的時候，從冰箱裡拿出幾種泡菜、煎個雞蛋、加上海苔和米飯就那樣也可以解決一頓飯，那麼簡單也能吃得很香。一個簡單的煎雞蛋跟日本的做法也有一點點不一樣，我在日本只知道放點鹽或者醬油，但他們除了鹽有時候還會放一點芝麻油和胡椒粉，完全沒有想到原來可以放那些，真的很好吃，跟泡菜及其他菜都更加搭配。

有時候冰箱裡有放了很久變得過酸的泡菜炒一炒或煮一煮也可以變成美味的菜，比如現在已經讓大家普遍認識的泡菜湯、泡菜炒飯等，就是要用放的久、過酸的泡菜，做出來味道才會特別濃厚。有時候櫥櫃裡如果有鮪魚罐頭的話，用芝麻香油與放了比較久的泡菜一起炒，也會變成特別香的一道小菜，跟米飯特別搭配。泡菜的吃法相當的多，而且不用擔心變壞，泡菜真是一個很方便、美味、又健康的好食物。聽朋友說朝鮮歷史戰爭動亂多，不知道什麼時候突然要動身逃跑，所以特別擅長製作能長久儲存的食物。日本很多人也愛吃韓國泡菜，最近幾年據統計韓國泡菜的食量已超過日本傳統的幾種

泡菜，占了第一位。我記得小時候我媽媽和爸爸也都愛吃，我們家裡的冰箱一直不缺韓國泡菜，有時候我媽才剛買了新的泡菜，我爸也會在同一天買新的泡菜回來。但我接觸到韓國朋友們以後才知道原來在日本賣的泡菜味道不夠正宗，不夠深厚。

後來我開始交韓國的男朋友，所以跟韓國人在一起的時間和吃韓國料理的時間變得更多了。我那時已經搬到留學生宿舍裡，跟他是在宿舍認識的。我迷上他做的韓國料理，他對做菜很有感覺，稍微看一下料理的書，他在宿舍很不方便的公用廚房裡就能做得非常出色，達到幾十年做家庭婦女阿姨的手藝，我的料理完全達不到他的水準。他還很會醃韓國泡菜，在很多年輕韓國女性都不會醃泡菜的時代中，韓國年輕男子能醃泡菜真是罕見，他醃得又很好吃。我們剛開始交往的時候他有一次燉了一大鍋牛骨湯，喝了好像大概有兩三週的時間，每天早上叫我去他的房間吃牛骨湯的早餐，白白濃郁的牛骨湯上面放上天然的粗鹽、胡椒粉、和大量綠綠鮮嫩的蔥

花，看著就特別香，吃起來更香，跟米飯和泡菜一起，特別爽口但又很濃，天天吃都吃不膩。還有他常做的有大醬湯、海帶湯、泡菜湯、煎魚等最平常的家常菜做得也是很精緻又非常好吃，後來也吃過別的韓國朋友做的那些，都不如我男朋友做得好吃。

我男朋友還很喜歡跟很多不同的韓國朋友出去吃飯喝酒。韓國人吃飯喝酒不能在一個地方結束，通常會先吃正餐（當然也喝酒），吃完後會換地方又去酒吧等地方重新再喝酒（還要吃一些下酒的菜），完了以後再去唱卡拉OK，在那裡又點啤酒邊唱邊喝。一般情況會去到三個地方，喝到半夜，更嚴重的話還有第四個地方去，一路喝到早晨。有時候最後一起去喝個解酒湯。真是喝得吃得玩得瘋狂，我雖然當時聽不懂韓語，不能加入他們之間的對話，但我也很願意跟著我男朋友一起去，因為能吃到好吃的韓國料理，我光是吃就很滿足了。而且他們也不忘照顧到我，會用中文和我說話，讓我加入他們瘋狂的吃喝玩樂，真是開心。跟韓國人一起去唱卡

拉 OK 時特別好玩，他們又唱又跳特別瘋狂，特別過癮。我也很快學會他們那樣瘋狂的又唱又跳，學得太好我之後比他們跳得更瘋，受到他們的大歡迎。這跟我高中以前那些日本朋友一起去練歌房唱歌的那種安靜很不一樣。

有一次一幫韓國朋友們聚會，我男朋友很高興喝太多，他喝多有時候會發酒瘋。最後我們去練歌房唱卡拉 OK 的時候跟一個朋友吵打起來，往人家背後裡倒啤酒什麼的，鬧得一塌糊塗。我看到那個景象實在是太驚訝，怎麼可以搞成這個樣子，最後我們結束要回家的時候我感到很難過，周圍的韓國朋友看到我的反應都說「沒事兒，沒事兒。」我說「怎麼會沒事兒？太有事兒吧！」我很不理解。第二天我跟男朋友說我看到了嚴重的錯誤，要分手，他一聽就跳了起來，帶著微笑使勁跟我道歉，還一點都不嚴肅，然後還是那句「沒事兒，沒事兒」。之後還想盡辦法的討好我，下午帶我去外面吃飯，之後說一起去找那個昨天打架的朋友喝咖啡。我一聽覺得納悶，我說怎麼可以那麼隨便就去找他。我男朋友卻說「沒

事兒，沒事兒」。我們到那個朋友住的宿舍，他也很自然的招待我們，給我們倒咖啡喝。我聽不懂他們在聊什麼，但感覺很和睦，跟沒發生什麼事一樣，我越來越被一種從來沒遇過的氛圍吸引進去，腦子發白了。昨晚那個嚴重的問題去哪裡了？真的沒有什麼事兒……？如果在日本搞成那個程度的話，我估計以後朋友們都不願意找我男朋友出去了。我那個時候又認識到了世界上還有太多完全不同的世界。

在韓國「朋友」這個詞的含義有一點點特別，因為在韓國社會對父母長輩的尊敬極為重要，所以人際關係當中雙方瞭解彼此的年齡很重要，往往差一歲也要分誰大誰小，要遵守規矩。在很多情況下跟其他東亞國家相比，更被要求要聽從長輩的話，所以平輩間的朋友關係，反而變成一個可以放鬆自己的空間，自然朋友之間的紐帶就更加的堅韌了。日本社會內與外的界限分得比較清楚，在交友關係上也會有模糊的界限，尤其我成長的東京一帶更是如此，不能隨便超越這個

147

界限，我出身於那樣的社會，從來沒有體驗過像韓國人那樣濃密的交友，熱列積極跟你做好朋友的氛圍對我來說特別有吸引力，感覺他們用某種很強的力量把你一下子拉得很近，一眨眼發現我已經陷進到他們的懷抱中。經歷了韓國式的交友之後，跟日本人交流的時候就不能不感到有一種模糊的距離感。

韓國和日本的文化習俗相當多的部分表面看來很相似，舉比較明顯的例子，比如在家裡坐在地上、睡在地上的習慣；語言結構的類型；有些吃飯的方式等等，也許可以說離日本文化最接近的一個文化。但在有時候會碰到無法意料到的大差異，以為我們之間差異很小，以為我們一樣，所以對大的差異事先沒有心理準備，遇到時會有很大的衝突。比如說韓國和日本都說是重視禮節的社會，但這兩個地方對於「禮節」上所重視的點就很不一樣。同樣一件比較沒禮貌的事情，對它的嚴重程度會不一樣，有些事情在日本是嚴重錯誤，同樣事情在韓國就不嚴重，可以被接受；相反的，在日本可以被接受的，在韓國就是嚴重錯誤。這種差異有時候太微妙很難

辨別，有的東西是個人的差別，但透過我多年體驗看到的，這真的是實實在在存在著的文化不同所帶來的價值觀差異，真的是太微妙讓人分不清，但又隱藏了很大的差別。

我跟韓國男朋友在一起，生活上這種價值觀的差異帶來的誤解處處發生，有時候難免爭吵，但有些事情後來知道是文化差異帶來的「誤解」的時候，就發現我之前認為世界在哪裡都是一樣的「普遍價值」，換到另一個社會就會不一定是一樣了，我們都需要重新搭建自己的價值體系。這種過程透過與韓國男朋友的交往，比起之前在中國幾年的生活體驗中的感受更加深刻。依我的體驗和感受，我覺得那是因為中國人有一種「差不多就行」的精神，在某種價值上「最好要這樣」但如果做不到的時候也不是嚴格要求「必須要這樣」，對做不到的人就「算了」，也不是特別在意。所以我沒有感受到一種「衝突」。而日本和韓國這兩種社會都各有不同的對某些價值「必須要這樣」的東西，有種氛圍給你壓力，不可以做不到，做不到讓你在這個社會上不能生存。因為重視的東

西不一樣，「必須」的點也不一樣，所以才會感受到有「衝突」。

對這種「衝突」的存在激發了我極大的興趣，我畢業回到日本以後我的生活充滿了對韓國的研究。我熱衷於去看韓國電影，讀很多關於韓國的書，開始自學韓語，有一次還去聽了「探討日韓友好研討會」，也去看了一些韓國大使館附屬的文化院辦的演出活動等。一九九九年年底我回到日本生活，我剛到不久，發現在東京的大森有一個小的電影院裡有放映韓國電影，記得我看的第一部韓國電影拍得內容不是特別有意思，但我當時不管內容怎麼樣，只要有放映韓國電影我每一部都想去看。之後大森的電影院還舉辦了「韓國電影節」，從我們現在東京代代木的家去大森比較不方便，坐電車還要換兩次車，車費也貴，時間也長，但我每部片都想看，所以大概三四週的時間裡每一到兩天我就要去一次大森，我索性就騎自行車去，騎慢一點要一個小時的路程，騎特快四十五分鐘就可以到大森的電影院，一般是晚上去看的多。

回憶當時去大森的路程，騎公路都不是很安全，上下坡也很多，路邊很黑暗，但心中很想看韓國電影的熱情把這些辛苦、擔憂都拋在腦後，只知道要拼命地騎。那次電影節中大概放映了十幾到二十部影片，其中一半以上的是韓國大使館附屬的文化院提供的老一點的，不有名的影片，所以免費，其他一些剛出的新片或有名的片子要正規的費用。結果免費的片子拍得都很爛，要錢的還是很好看。要錢的片子中我看到了給我強烈衝擊和感動的電影，是李滄東導演拍的《薄荷糖》。他把一個人的人生無奈描寫得徹底地無奈，無奈的像是在我的心臟上插了一把刀一樣，看完後我心身像上的刀子就那麼插著拔不出來，全身沒有力氣，回錄影是沒有骨頭似的，軟趴趴的、沒有力氣，回家影就這樣騎著自行車在寂靜的黑夜裡影帶店了。過了兩年後我在家裡附近的錄影看去了發現這部影片，就把它租回來再看了一遍。當時插著的刀子突然化為淚水像瀑布一樣地流了出來，讓我心痛不已。

透過這部電影，我瞭解了韓國現代史的片段，我投入了我的心去體會了其中的悲劇。

另一部印象深刻的是許秦豪導演的《春逝》（這是要付錢的好片）。男主角失戀時哭泣的場面，一個男人放聲大哭，鏡頭拉近距離不換角度停下來靜靜地一直在拍大哭的他，感覺很韓國，日本電影好像不會這麼拍，中國電影好像也不會這麼拍。因為在韓國男人往往被要求特別要像個男人，要當一個男子漢，要強壯，但失去的痛苦其實不管男女對誰都一樣痛苦，因為在外面越被要求挺著，在背後越需要釋放自己的感情，釋放的時候徹底釋放。

日本人喜歡抑制自己的感情，認為那是日本人的美德，覺得大哭大鬧不好看，男人的話更是那樣，所以在日本的電影裡，男人心裡再怎麼痛苦，一般都只有眼眶裡帶點淚水，或者流出一小條淚，我想那麼拍日本觀眾才喜歡，才覺得美。對悲痛的表達就差別很明顯，比如有人死了舉辦葬禮的時候，韓國的話一定要盡量多哭，對死者表示自己的悲痛，表示對死者的離開感到莫大的哀痛，這跟中國的習俗很接近。但依我的感覺，韓國人比起中國人更要表示強烈的悲痛。反過來日

本人在葬禮上盡量要少哭，盡量要挺著，憋著。如果是最親愛的人死了的時候也要好好挺住的話比較受到讚揚，要流淚的話靜靜的流就可以，最好不要大叫。感情表達的明顯差異也讓我體驗到一個全新的世界。

那次不要錢的爛片也給了我一些幫助，對韓國文化習俗有了更整體的瞭解和感受，透過幾個影片發現我原來對我男朋友抱有的一些看法是完全誤解，我那個時候只知道用一個日式的「禮節」概念去評價對方。那次電影節之後也看了不少的電影，知道了這個世界對生活價值的標準和思維方式原來更廣大更多元，而且韓國式的思維或言語和舉動常常出乎意料，有的東西比較「奇怪」，難以理解，那種「奇怪」的感覺觸動了我內心的鬥「這個民族很有意思！」

也就在那個時候，我發現了一本書《韓国は一個の哲學である》（韓國是一個哲學）。當下看到這樣一個書名時，我便脫口說出「まさにこれだ！！！」（就是這個！），這本書

似乎替我找到了我心中想要找的一條路。我立馬去書店買這本書回來一口氣認真讀完，一方面對韓國人看世界的想法有了初步的了解，一方面對這本書的作者感受到了強烈的吸引力。他叫小倉紀藏，他曾經在日本著名的廣告公司電通擔任copywriter，對韓國感受到強烈的吸引力，於是他辭掉了電通的工作去了韓國首爾大學的東洋哲學系研究韓國哲學，在韓國生活了八年，現在是京都大學的教授。我感受到他跟其他研究朝鮮／韓國的學者有著不同的視角，他寫的書不是只有學術性的東西，還帶有藝術的味道。我覺得他內心其實就是個藝術家，但他選擇做學者，他擁有尖銳的洞察力和敏感細膩的感受力。

我還讀了他寫的其他本書，其中最讓我感動的一本書叫做《昭和最後のソウル》（昭和最後的首爾），是他在韓國生活的時候寫的隨筆集，用他尖銳細膩的洞察表述了對日本和韓國社會和人們的種種狀態。他明確的指出那裡隱藏的很多病灶，把我多年感受的「日本不安」，還有我對韓國感受的種種說

不清楚的奇妙吸引力（我只有模糊的感受，沒有能力用很好的語言表達清楚）都幫我表達清楚了，寫得非常深刻，那些話也像一把刀一樣刺進了我的心臟。還有他的感受所描寫的韓國形象在我心中昇華到特別美的藝術境界，某種強烈的力量狠狠抓住了我的心，那種感覺給了我一個更清楚的藝術目標。

藝術本來因為它是藝術所以很迷人，
但他那本書裡表現的不光是藝術，
還加了對某一個民族很執著的觀察，
用個人的視角，或是用一個日本人的視角，
轉換成獨特的藝術，
我覺得是我從來沒有發現的結合。

我也很希望自己的作品能像那本書一樣
表現出帶有「獨特結合」的感覺，
表現充滿魅力的獨特韓國，和獨特亞洲。

我的心完全投入他那本書裡，
讀的時候興奮得眼珠要掉下來，
看完的時候我的心非常的充足，
我的心重量增加了好多。

155

韓國文化的魅力好像不太容易讓其他國家的人理解，比起中國文化或日本文化，如果說東亞這一帶，好像更多的人更關注中國或日本，而忽略了韓國。這點讓很多韓國人渴望被世界上更多的人認識到韓國和他們的文化。可能在當代的韓國，不管都市或農村，眼睛看得到的文化特色不仔細看不是很明顯，但在瞭解更多他們的語言和習俗之後，在當代韓國生活中就能體驗到很濃厚明顯的文化特色。當然眼睛看得到的韓國傳統文化其實也很有魅力的。

朝鮮時代他們非常認真學習和引進明朝的文化，留下來的傳統建築或各種文物、繪畫，很多東西猛一看太像中國的了，但那是看得太少的時候，看得沒有深入的時候才會感覺到的東西。其實內涵的東西還是跟中國很不同的，有他們獨特的精神內涵存在。眼睛看到的比較相似，但仔細看、慢慢的好好嚼一嚼，能體驗韓國傳統文化獨特的魅力，跟中國跟日本都不一樣的味道。

二〇〇二年我在日本的時候，為了紀念日韓共同舉辦世界盃足球賽而辦的交流專案，是在東京國立博物館裡開了一次大型的韓國文物展覽，我在那裡第一次看到了大量的韓國傳統文物，受到很大的感動，我的語言能力沒辦法很清楚的表達它的魅力，就是有一種簡練，樸素，然後稍微拐了小彎。這個稍微拐的彎很重要，這種彎是中國和日本都沒有的東西，我不是這方面的專業，對這個「彎」的部分沒法說得很透徹，但用我的感覺，韓國文化的那個部分就是韓國文化最精粹的部分，那是藝術行為中給的一個小部分的自由空間，可以放鬆，或可以偷懶，不是一定要按照規矩追求完美的那種狀態，在韓國文化中的那個「自由空間」裡頭產生了很多種不同的韓國傳統精粹。

除了王朝和貴族的生活中發展的文化以外，民間美術也展現了獨特的魅力，我尤其喜歡韓國的民畫。畫得特別可愛，很樸素，但很複雜；畫得非常拙，但非常有意思；顏色很鮮豔，但不俗氣。還有民間工藝品也非常喜歡，鮮豔的顏色搭配得非常可愛，形狀和刺繡的圖案都表現出了獨特可愛的味道。我很喜歡韓國

157

文化中的顏色，不管王朝或民間，在那裡有兩種世界觀，分得很清楚。一種就是以白色和淡顏色為主的世界觀，另外一種是以各種鮮豔顏色混合的世界觀。那些顏色的用法和兩種世界觀都反映出了朝鮮時代對儒家思想的追求和影響。

補身湯 2011

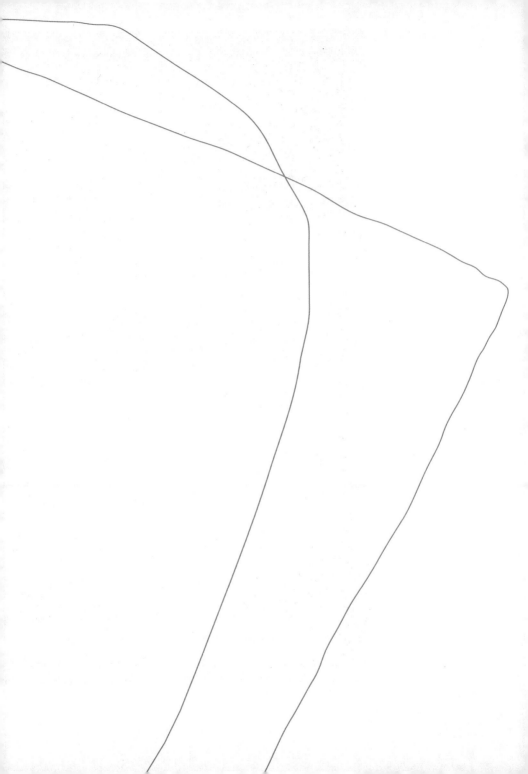

我與台灣

我的台灣經驗沒有很久，在台中生活過五個月，其餘是幾次短暫的旅行。但現在收藏我作品最多的是台灣人，也得到在台灣出版書的機會，尤其在我藝術創作的生活當中，與台灣的關係也越來越重大起來了。那些事情的開始全部都是由一個台灣朋友而發生的，而且她是為我藝術創作的工作做出巨大幫助的貴人。

那位朋友叫翁佳鈴。透過她的關係交識和接觸了不少台灣朋友，也因此得到一次在台中以藝術家駐村的方式生活五個月的機會，還在月臨畫廊辦了我在台灣的第一次個人展覽。另外也因為翁佳鈴的關係而認識了劉鋆，就是她讓我有這個機會出版我生平的第一本中文書，而之前也是因為她，讓我的作品有機會藉由藝術衍生商品而被看到。翁佳鈴在我的藝術創作領域上帶給了我相當豐富且多彩多姿的經驗。當年我正在準備中央美術學院研究生的畢業論文，就是靠翁佳鈴幫忙我，整理我寫的一萬多字的論文，這可是相當大的工作量。她還為我出主意幫我一起印了我作品的畫冊，拿去幫我宣傳。

還有一次在北京準備租房子的時候差一點被騙一萬元人民幣，我打電話問翁佳鈴，她就馬上過來把騙子轟走，五百元的訂金也讓他們退給我了，這種事情也受到她的幫助……。除了那些以外，在北京還給我介紹了很重要的藝術合作朋友——房方，並在房方的畫廊星空間辦了一次很正式的個人展覽。我們那時說好要她做我的經紀人，但我的作品產量太少，藝術市場上也還沒有受到顯著的重視，價格也不高，她做我的經紀人根本賺不了什麼錢，所以更多的部分接近於「幫助」，而且她的存在和為我想的一切遠遠超過了為我做的那些事情本身，那些不能用錢來算，我這些年在中國和台灣做藝術創作的工作全靠翁佳鈴的幫助才能一步一步慢慢地走過來的。

最早是在一九九八年的中央美術學院認識她，後來過幾年後我們剛好又同一時間回到中央美術學院讀研究所，那時我們更加親近起來，交流和分享很多藝術方面的東西。如果沒有遇到她，今天我不會有這些年勉強積累的作品和作為藝術家

的生活。當初如果沒有她的支持，我研究所畢業後應該就會回去日本，然後就一邊照顧癡呆症的姥姥、邊畫些小畫，然後就在那樣封閉的生活裡慢慢得了精神病，大概這時候我正在治療，之後可能就在日本找個不如意的工作生活著，然後畫畫的材料就會放著不畫了。我從小養成了懶惰不爭氣、逃避現實的習慣；我精神狀態很容易散漫，自己不努力還容易灰心喪氣，加上對某些事情過於仔細動作很慢，一直沒能像其他藝術家們那樣努力投入創作、生產很多的作品。在那樣的情況下，她這麼多年以來不斷地鼓勵我、支持我，為我想很多事情，買了我不少的作品，還幫我賣了不少的作品，她的幫助讓我沒有失去信心，使我保持希望，簡直要流淚，真是不好意思，因為我的不爭氣，按自然規律來說她在中間應該要對我失望，放棄了對我的幫助才對。但她一直以來大大小小為我做的、想的事非常多，用「感動」或「感恩」這些詞都不夠，我覺得這已經超越了一個「人」簡單的幫助，我是從心底感謝老天賜給我這樣的一個朋友。

翁佳鈴因為她先生工作的關係,多年生活在北京。她熱愛藝術,她最早在中央美院學習畫畫之後又上研究所學習藝術管理。她個性熱情積極,在北京有不少藝術圈的朋友。她說話口音已變成相當標準的大陸普通話,已經不是台灣人的口音,她本來也不怎麼會說台語,所以她回台灣時很多人會不相信她是台灣人,甚至要她拿出身分證來看。所以我透過跟她的交流,一般體驗不到很台灣的東西和氛圍,到她家做客吃過幾次台灣食物,但不多,最多還是在外面見面主要談論藝術什麼的,所以我為了瞭解和體驗台灣還是要直接到台灣去看一看,跟當地的台灣人交流才行。

✳ 耳朵上有章魚:耳にたこができる
原意是說聽太多次耳朵都長繭了、聽膩了。
在日文裡,たこ 是繭的意思,但剛好與日文的章魚同音,
所以後來常常被說成耳朵上有章魚

在我小的時候不知道聽我姥姥講過多少次,聽到耳朵上有章魚了 ✳。「要吃香蕉就要吃台灣的,台灣香蕉最好吃。」姥姥總是這樣說著。然後她每次只要哪裡有賣台灣產的香蕉就買回來高高興興地吃,讓我也吃,但我每次都吃不出特別的

167

味道來，總覺得不管菲律賓或台灣的香蕉味道都一樣。而且我比較喜歡偏綠的、比較生的香蕉，而我姥姥就喜歡比較熟的、開始有斑點的香蕉。有斑點的台灣香蕉就是我人生頭一次認識到的台灣。那個時候是八十年代，我姥爺和姥姥跟姥姥的弟弟和他夫人四個人經常出去海外旅行，每次都是參加旅行團，印象中歐洲幾個國家及加拿大等西方國家每個地方去一次，但台灣及中國他們去了好幾次，韓國沒有去成。很可惜現在他們都已經過世了，想問他們喜歡台灣和中國的什麼地方也不成了。記得我姥姥講他們在台灣的時候，在路邊有人用寶麗來相機隨便拍他們的照片，當場就裁成圓形貼在陶瓷的盤子上，作為來台灣的紀念品強迫賣給他們，盤子中間用塑膠膜貼好了照片，不買就老跟著，所以他們只好買了。我小時候看到這個盤子是我第一次看到的台灣。前兩年我整理姥爺姥姥他們的東西的時候還看到，盤子的邊上用很大的紅色的字寫著 「TAIWAN R.O.C.」，照片已經變黃了，我姥爺和姥姥各有一個，因為走路時突然被拍，他們表情都很尷尬，還附上中式裝飾的盤托架，邊上有椰子樹的圖案，

整個都老土老土的。我小時候看這東西也讓我感覺到淡淡的不安，但另一方面透過這個盤子想像台灣是一個熱帶南國風情，又有東方味道的神祕小島。

之後沒有特別注意過台灣，直到我高中畢業後去中國以前熱衷於看中國電影的時候剛好看到《悲情城市》那部電影，有了強烈的印象。當時我一點都不瞭解台灣的歷史，我在電影院看的時候因為不好理解還打了瞌睡，但最後醒來感覺這部電影很棒，音樂也特別好聽，感覺很感動。所以之後又去同樣電影院看了一遍（除了日本和歐美片以外的其他國家的電影都只在一所小電影院上映，那時位置在高田馬場車站前面很破舊白牆的小電影院記憶很深刻），我集中能力比較弱，那樣看了兩遍還是沒有很清楚地瞭解到片子裡面講到的歷史故事，但我很喜歡有歷史故事的電影，很多人和人之間的悲歡離合，搭配了美麗秀氣的山，東亞風情濃郁的古老建築，簡直美得不得了，加上梁朝偉也帥得不得

了，尤其他演聾人更帥，演得很好，穿了白襯衫和灰色的對襟毛衣，為人純樸善良，但長得很帥，讓我很著迷（但後來看了梁朝偉演的其他電影就不著迷）。對那樣形象的華人男生，對整個景色和景色中所有配件都讓我很憧憬，還帶有日本已經大部分消失的日本風格的東西，又跟中式的風格結合在一起，感覺很細膩微妙。雖然我當時看的都比較表面，沒有很深的理解，但處處都讓我著迷。因為《悲情城市》給我很深的感動，我當時會去找錄影帶或去其他電影院看《童年往事》等其他侯孝賢的片子，還有其他幾部台灣的電影。楊德昌的《牯嶺街少年殺人事件》當時在 NHK 的衛星台上播送時心裡激烈的「這個片子一定不錯！」興奮地把它錄下來（但後來沒看成，到現在也一直沒看成）。在當時看到的幾個台灣電影中還是《悲情城市》印象最深，給我心裡留下了一個很重的東西。

第一次去台灣是二〇〇六年的夏天，我自己安排兩週的旅行，我對中國和韓國的熱情已經有一定程度消化之後，覺

得一定要去台灣看一看。那次暑假我先回了日本，計畫頭三天是我媽媽和她的一個老朋友也一起跟著我，她們走了之後我再自己玩。我跟我媽一起到成田機場，結果辦手續的時候才發現我媽媽的護照有效期限不夠三個月不可以入境台灣，所以不能上飛機，事先沒有查清楚，我媽媽只好很可憐地自己回家去，所以我跟我媽媽的老朋友竹林阿姨兩個人一起去了第一次的台灣。那次我們坐的是華航，他們當時推廣高級機內食物，我們坐經濟艙還給像樣的菜單，食物做得還真比一般的機內餐點高級，味道也很好吃，我跟竹林阿姨都吃得很高興。飛機到了台灣的桃園機場，下飛機走進機場，雖然機場的建築本身沒什麼特色，但裡面散發著跟中國大陸很不同的氛圍，我就開始興奮起來。走到台灣銀行換外幣的櫃檯看到粉紅色招牌中那個字體時興奮的點又提高了，真是很美的字體！而且很鮮豔的粉紅色！使勁拍照，然後也換了一些錢，後來辦完手續走出去，看到顯示抵達航班資訊的很大的螢幕又是興奮！

像那到感過的各地是美，覺得性有界各地是種感地沒世界，「好外一別的的，的懷世處湧出另字，過出字統來是的榮，看寫漢字統心中最深字體髦敏秀傳從心中最深處時濟來漢傳從心的右經從的正面左灣陸體真實，從來到了台灣」的真實感上前台大繁體用的體驗，幕年的國用的來到了台灣螢十時在受地感個二時在受地感性真的那是個是感的很像真 又拍了好幾

張照片，不好意思一直讓竹林阿姨等我。

在那裡上了洗手間，看到洗手的水池子前有個標誌寫著「自動龍頭」可愛老氣的字體，和一個伸出手就可以出水的插圖，非常的可愛。在有自動龍頭的那個年代，日本和韓國早就沒人設計那種風格的小插圖了，但我覺得台灣在那方面真是很不錯，整個社會不會要求很嚴緊，什麼樣的人都有生存的空間。那種風格的設計在有自動龍頭技術的時代還能生存，我感覺在台灣人們的社會發展和生活的關係當中很自然地能夠掌握對人之間比較適當的狀態，我又從那裡感受了台灣的味道。

之後走出去到坐巴士的地方，看到買票的櫃檯，興奮又爆發了，真是美極了，顏色跟字都花花綠綠，很多很多字密密麻麻複雜極了，字體有幾種不同的混在一起，但都比較老氣的那種，然後一定會有那個跟台灣銀行的字體一樣老的毛筆字體，我又在那裡拍了好幾下（真可惜最近這個櫃檯翻新後就沒什麼意思了）。但竹林阿姨很想要趕緊坐上車到飯店，所以我慌張地但卻需要仔細的找我們要坐的車子。可是眼前看到的又是國光、飛狗、大有、統聯的，真是搞不清，為什麼有好幾個都是到台北的，寫得太花太暈了，雖然我懂中文，但在中國不是這種方式，一時看不清這些是什麼區別啊。我也問了櫃檯的工作人員，但當時聽到當地台灣人說話，真是聽不太懂，所以更慌張，不過還是努力詢問，最後得知大有巴士可以到我們要去的飯店，我們才坐上了大有巴士。

我那次坐上大有巴士真是幸運，但對竹林阿姨來說就不這樣覺得了。我們剛好遇上交通高峰時段，大有巴士又在市區繞不少地方、走了好長時間才到飯店，累死竹林阿姨了。但我

是坐進大有巴士裡面就開始興奮得開花了。巴士很老舊，但不只是簡單的「老」，它的「老」中帶有從來沒看過的特別味道。讓我最興奮的是座椅和窗簾，還有車內屋頂和牆壁整個都是綠色調，還帶著不同的老土可愛紋樣！我本來就很喜歡綠色，巴士裡的設計是從來沒有見過的那種又土氣但又很花的，有著土氣的設計感的，尤其是皮革座椅的紋樣非常可愛。綠色底上帶有淡淡的粉紅色、黃色和深綠色的花紋，窗簾的紋樣也屬於七十年代風格的深綠和淡綠的グラデーション（漸層）波浪紋樣，屋頂是在日本過去也常見的老的綠色的像雲一樣的紋樣，屋頂的兩邊還用跟座椅一模一樣花紋的皮革包了起來，這三種綠色調不同紋樣絕妙的搭配，土氣和一種性感混在了一起。

窗戶上寫了這個巴士到達的很多地點的名字，那些字的字體跟台灣銀行的字又不一樣的另外一種毛筆字體，更是正宗東方的字，這種字有時候在餐廳的掛牌上看見的多，但那樣就太正常，太當然，但那種字竟然寫在巴士窗戶上！特別的神

妙、土氣、性感、可愛，然後非常東方。那次的大有巴士讓我喚起了對另一種東方味道的追求，就是在台灣才能夠實現的味道，特別想把這個感覺表現在作品上。我把它的照片放在電腦作品素材資料夾裡存了很多年，但到現在還一直都沒有找到一個最能讓它與我的表達方式最好結合的方式。後來又去台灣時每次都很想再遇到那輛車，雖然還是有坐到幾次大有巴士，但就是沒能遇上我心中崇拜渴望的那輛車。

大有巴士離開機場慢慢走進高速公路，我眼前一個一個地開始出現台灣風味的景色，猛一看很像日本的景色，如果把椰子樹、檳榔樹等南國植物和建築物拿掉的話，鄉村田地的景色跟日本一模一樣，天空矮的感覺也像。就是因為那些植物和建築和字不一樣感覺很奇妙，和我看台灣電影的時候感受一樣，帶有日本風味又帶有中華風味，整個濕潤有點灰暗，有些憂傷，很性感。台灣的性感跟韓國的性感完全不一樣，韓國的性感是很深的粉紅色，其中帶有黃色；台灣的性感是綠色，其中帶有褐色。要說是不是帶有「不安」的感覺，跟日本的「不安」是不一樣的性質，也沒有那麼嚴重。

175

如果台灣就算是有那麼一點「不安」的話，那個「不安」是比較良性的，而在日本，尤其在我長大的狹山市生長的「不安」是惡性的。如果用腫瘤來比喻的話，狹山市景色中的不安是已經長成七到八公分，惡性的腫瘤長那麼大已經絕望了，但台灣景色中的不安，尺寸也不大，二到三公分良性的，沒有很大問題。所以帶有那麼一點不安，反而它像一個調味料，放太多沒法吃，但放一點就味道更好。我的心被高速公路邊上的景色抓住，在那樣濕潤灰暗的空氣和山裡（其實巴士剛出發不久的時候是晴天，天空很藍，但心裡感覺帶一點灰暗），每個建築上招牌中的字，那個毛筆字體，或其他老的字體，寫得都比較大，很顯眼，有的很老舊開始剝落了，因為景色中有這些繁體漢字非常美，田園景色超越了普通的田園。有的時候還出現又大又俗，顏色很鮮豔的佛像、觀音像，在那樣美的景色中添加了古怪的味道，美裡注入怪是一個眾人難品味的相當高級的境界，這麼說的我自己有時候都很難品味，但經過用心品味，就能慢慢地從舌後邊品嘗到一滴一滴湧出來的深厚美味的汁兒來。

巴士終於走進台北市區，我很驚訝，特別像是走在東京的「首都高速」一樣，高速公路下面的好多建築密密麻麻的密法跟東京很像，感覺特別奇妙。那時正是黃昏的時候，天氣也變成多雲的陰天，雲縫裡漏出橘紅色的光，我的心被窗外的景色抓走，在我再熟悉不過的景色裡飄了陌生的風流，交織了中國的風味，說不上來的奇妙魅力，我的腦子呆住了，眼睛大睜開，嘴張著閉不上。

到台北有一個我媽媽工作關係上認識的一位做珠寶工作的台灣人王小姐計畫接待我們，不過因為主賓（我媽媽）沒有來，她其實可以不用接待，但她已經安排好，熱情的台灣人還是招待主賓的女兒和朋友。我們坐大有巴士花了不少時間已經有點過了晚餐時間，我打電話說我媽也沒來不用麻煩，但她還是過來我們飯店接我們，然後帶我們到永康街的鼎泰豐。我們從早上日本的家出門到這裡一直在交通上面累了一天了，吃一口那小籠包，嗯……！真好吃！好吃的要流淚。竹林阿姨得過三次癌症身體比較虛弱，她累了就每次會變成不

高興的樣子，但她也一吃那小籠包，突然間就精神起來了，興奮地說這比她去過的東京新宿高島屋裡面的鼎泰豐還要好吃太多了，完全不一樣！我也在中國吃過不少次好吃的高級中式點心，但鼎泰豐的小籠包有點不好意思地把它們都排在下面，好吃到把我們的疲勞都吹走了。

吃完以後王小姐又把我們帶到以芒果冰聞名的店「冰館」，非常可惜地我愛吃芒果但因為芒果過敏不能吃。王小姐點一人一大碗，竹林阿姨特別愛吃芒果，她看到那麼多的芒果實在是樂壞了，因為芒果在日本很貴，平時不能吃那麼多，她又更加精神起來了。我的眼睛看著那麼豐盛的芒果冰，又淋上很多我喜愛的煉乳，上面還加了芒果霜淇淋……真是想吃得不得了。不過我已經經歷過三次因為吃芒果滿臉長癢癢的疙瘩很痛苦，我就吞下口水很可憐地忍耐，而改吃三種豆子的冰，但對那碗豆子的冰不好意思地沒能吃得那麼香……。

那次剛好翁佳鈴也在台灣，竹林阿姨走了之後就跟她一起去

台中和新竹，跟著她見了不少的朋友。在新竹，見了張立曄先生、陳義郎先生以及李明彥先生等幾位藝術家朋友，他們帶我們去吃他們愛吃的鴨肉麵和家常炒菜，都非常地好吃，還帶我們去吃在新竹很有名的「阿忠冰店」。它位在一個很黑暗的小巷子裡面，但客人很多很神奇，各種豆子和粉圓的冰，好像汁兒比較特別，非常好吃。晚上他們又帶我們去了藝術家侯俊明先生在苗栗鄉下的工作室，晚上他太太給我們準備了豐盛的晚餐。那是我第一次品嚐到台灣家裡的味道，我特別興奮，我一直都非常喜歡家裡做的菜，每個菜都非常好吃，吃得特別高興，跟我在中國吃過的家裡的味道有一些不同，感覺帶有魚的味道，油少一些，比較清淡，所以可以吃更多，但要注意一下整體菜量和大家的食量，要注意我自己一個人別吃那麼多，但一點一點地一直吃結果還是我吃得最多。

在新竹城隍廟旁邊的夜市裡吃的薑絲肥腸印象也很深刻，細細長長的薑絲和清淡調味的肥腸搭配的又濃又清爽的味道，

非常地好吃，然後那裡的夜市密密麻麻很多的攤子，招牌也特別古老，用花花綠綠的顏色寫著很多很多的漢字，下面各式各樣好吃的食物，真是美得不得了，我陶醉於在那裡濃縮展現的台灣味道。

後來又跟翁佳鈴和她的另外朋友一起轉了一下竹東。竹東給我印象很深刻，很小的城市，帶著很濃的憂傷感。到了竹東火車站前面，就像掛曆中黃昏憂傷的美麗攝影作品一樣，小小的古老樸素的火車站旁邊長了一根非常高的椰子樹孤零零地在那裡。還到竹東附近山裡的小鎮內灣，對內灣的景也特別被吸引，所以後來自己又去一趟竹東和內灣好好拍照。非常濕潤的空氣和雲，淡淡的灰暗，很多的椰子樹，秀氣的山嶺，好像看到了我心目中最想找到的台灣！好像是我十八歲時看到的《悲情城市》中美麗台灣山嶺景色的印象。

我的初次台灣之旅還要繼續，跟翁佳鈴分開後，我自己再去新竹市區火車站旁邊古老的地區好好拍照。那麼多的古

國際啤酒城 2011

老建築，興奮得全身血流沸騰，很多古老的洋樓，窗邊養著很多綠色植物，很多很多古老毛筆字體的招牌，而且是一個漢字一個牌，豎著一個一個的排列，實在是美極了，美得我要昏過去……。台灣古老的建築上那個方式的招牌還留下很多，真是很棒！

站在那裡
我能緬想過去二十到三十年代美麗的東亞，
毛筆字體的繁體漢字
和藍色綠色的塑膠殼的結合很誘人，
有些變得老舊，帶著一絲絲的憂傷感，
漢字的美就在台灣發揮了！

後來我到了嘉義，是翁佳鈴先生的故鄉，她推薦我一定要去嘉義看一看，我去了，啊……！嘉義真是太棒了！我心裡長久以來渴望的整個濃郁東方味道的城市就在這裡！二○○六年還在這裡！翁佳鈴為我聯繫安排住在她先生父母的家，受到伯父伯母和翁佳鈴先生的大哥夫婦熱情的招待。第一天大

哥夫婦還帶我去參觀嘉義公園和改造古老建築的懷舊風味的咖啡館等地方。每個晚上都吃到伯母親手準備豐盛的晚餐。其中有一天翁佳鈴先生也回到家來，我還趕上了他們要拜拜的時間，跟著體驗了台灣傳統的拜拜。他們家旁邊有個很熱鬧的傳統菜市場，整個街景都美得不得了。我到嘉義一直在不停地興奮，後來我借了一輛他們家的自行車，在嘉義市裡面到處轉、到處拍照。在嘉義市裡騎自行車剛剛好，我來來回回走遍很多小巷，很多古老建築，先是興奮地觀賞，然後興奮地拍照片、興奮地感受東方味道。

但那些嘉義的古老建築中留下的有很多是日本式的木造房屋，有不少建築保持得相當完整。我在日本都從來沒看過有留下這麼密集又那麼完整的地方。我曾經在韓國也看過一些日本房屋比較密集的地方，但在韓國很多是已經拆掉的，剩下的房子大部分也都用不同的方式整修過，刷上了很鮮豔顏色的油漆什麼的，很少有完整的留下過去的樣子，必須仔細看它的形狀才能猜出是日本房屋的程度。但嘉義相當多的房

183

屋是完整地留下了過去原來的樣子，跟新竹看到的古老建築的洋樓感覺很不一樣。我停下來，心裡很複雜，憂傷的感受和奇妙說不上來的感情，當時不知道該怎麼表達，只是想著一點，這是日本殖民統治的結果，不可以很簡單地就那麼喜歡高興。

在那裡好像讓我喚起了思念故鄉的心，我一時覺得奇怪，我最初從日本走出來到中國生活的期間，後來到韓國，從來都沒有想念過日本，也幾乎沒想念過日本菜（因為好吃的正宗中國菜和正宗韓國菜總是在旁邊，根本沒有想念日本菜的份兒），我從來沒有體驗過想家的思念，不知道思念故鄉的感情。但在台灣遇到的有些景色會從我心裡面連自己都不容易看得到的最深的地方抽出一小塊我小時候的童心，用一個沒有任何雜物的心去懷念小時候。但那個景色在很遠很遠的地方，好多年都沒有看過的，現實當中已經消失的溫暖景色。

對台灣日本風味的那個奇妙感覺，我以前也想過到底是什麼

樣的感覺，為什麼，但沒有找到一個很確定的表達方法，但最近經歷的一件事讓我好像看見了一個往那個模糊看不清的深處打開的門。

今年夏天，陳澄波的大型東亞巡迴回顧展開始，我跟翁佳鈴都錯過了在北京的展覽，於是一起特意去上海看。我第一次看了他的原作，而且非常多的作品都集中在一起，從他的畫中強烈的感受到他的純真和對油畫的熱愛，深受感動。在那裡有一個展廳展了他在日本時期畫的日本風景，我看到的那一瞬間，突然間我回到了日本，好像我在現原處，非常純真的小屋，溫暖的樹林在我背後微笑著，看到了很美的天空。一時間那時候我發現我更深……就在那時候我，我心中有好幾層隔膜覆蓋了我純真的心，而陳澄波一瞬間把這好幾層膜打破了。我一直認為我的童年充滿了不安空氣，我長大的那個地方是不安的源發地，我厭惡狹山市，但那一瞬間讓我想起我小時候也經歷過非常美好的時刻，我不是沒有過。自己對這個體驗非常驚訝，我想，這是陳澄波純真的力量，

我進入到展廳，他滿滿的對油畫和這個世界的熱愛把我的心扉向著陳澄波打開了，所以他的純真進入到的我心裡。我有點興奮地跟翁佳鈴講這件事之後又再一次去看了他在日本時期的作品，想再次試著好好體驗一下。可惜，也許是因為我已經說出口了，自己意識到了，很快的這好幾層的隔膜又回來覆蓋住了我的心，回到平常很多雜物的狀態，看不到那個純真美麗的日本風景。我發現我的不安隔膜其實是相當頑固的。

我認識到了我心中隔膜的存在。在台灣看到的過去日本街景的景象，印象中在我有很多記憶的年齡以前，也許在我一兩歲剛剛可以走路的時候看過。那是更古老的日本街景，那時是一九七五、七六年，我相信東京和周圍郊區一帶的很多小巷裡還留下了很多傳統木造的日本房屋，當時的樣子應該不是像後來我更清楚的記憶中大部分現代式的房屋中交雜著一些傳統房屋的那種形象。還有更多傳統房屋在小巷子裡並列在一起的那個時代，依我的感覺，比起我成長的那個時代，

人們應該是更單純樸素，心靈中的雜物比較少，大家嚮往著明亮的未來。但後來很多日本人發現，原本期待的明亮未來並沒有帶來真正的明亮。八十年代經濟發展被世界稱作「經濟大國」，覺得自己特牛逼，人們開始狂妄享受物質消費生活，帶來了假明亮，但那只是表面的華麗，內容很空虛的。假的光線特別刺眼，讓人眼睛瞎了，導致「泡沫經濟破滅」。之後的九十年代人們漸漸地發現這個世界不明亮，進入了迷茫狀態，一直到現在很多人還是看不到明亮。

陳澄波一瞬間打破了我心中的隔膜，我意識到了它的存在，可能是因為我在台灣看到那裡留下的那個景色時，我能用一個比較沒有隔膜的心去看待它，也許因為在我腦子裡記錄的「不安日本」沒有在那裡。

我回去日本時，別說東京，偶爾出去旅行也很少能遇上像嘉義那樣更原始更密集的地方，也許更偏僻的鄉下可能還有。我有一次去過比較偏僻一點的鄉下，在那裡看到的老房子比

較密集的，但那跟嘉義的那種感覺是根本不一樣，它不會讓我想起小時候，那個地方根本不是我的故鄉，我覺得也是當然了，但很奇怪，嘉義更不是我的故鄉。在我眼裡，只要在日本島上，現在的「日本國」的範圍內，就沒有辦法不感受到一種「不安」，沒辦法不帶隔膜。也許因為我對日本人當下的狀態更敏感更瞭解，能猜得出在那裡住的人們的生活是什麼樣，想著什麼樣的事情，這些年的「不安日本」氣流一定也多多少少注入到了他們的生活中。對我來說透過一個「殖民統治的遺物」才能感受到一點「過去美麗的日本」的話，那也真是很無奈。一想到那個事情，結果還是灰色的不安氣流立刻飛過來包圍著我。

旅途的路上坐的台灣火車也讓我有同樣的感受，很多個火車站特別像日本的電車站，而且是過去老的日本式車站月臺的樣子，在東京那一帶大部分都翻新過，不一樣，現在幾乎不能看到像台灣的那種感覺。車廂裡面的感覺也很像我特別小的時候看到的樣子，從車窗看見質樸的田園，夕陽照進來，

像一張單純美麗的繪畫一樣的「鄉愁」在那裡。但我的腦子裡「殖民統治的遺物」那個字眼始終沒有辦法離去。

同樣受過日本殖民統治的韓國就沒有留下那麼多的日本痕跡，而在台灣處處看得到日本痕跡。聽韓國朋友說韓國因為日本人走了之後經歷了朝鮮戰爭，整個首爾市以及其他城市都受到了嚴重的破壞，所以日本人蓋的建築也沒留下很多，有很多地方需要完全重新建設，所以我在韓國的時候就沒有體驗過像台灣的時候那樣的感覺。

在日本國內對過去殖民統治和那次戰爭的事一直在說著各種說法，但我看著或聽著他們的說法總覺得很不安，因為他們總是一副好像很有道理的樣子，這讓我很不舒服，不管細節怎樣，這個國家曾經做了那樣一件嚴重傷害別人的事，他的人民為什麼還可以那樣理直氣壯的呢？把那個最重大的點忽略掉，而愛指出好多人家的問題，或轉化當時政治趨勢等等的問題。假如說殖民統治，把它縮小到個人的級別去想，不

管歷史背景怎樣，那等於是我今天突然去朋友的家，我用武力威脅著你，就說從今天起這家所有的都是我的，你必須要聽我的話，否則的話殺死你，相當於那樣的事一樣，這無疑地侮辱了他人的尊嚴。

有人說日本殖民統治幫助了當地的現代化建設，但我覺得出於一個以得到自己利益為目的的惡意去行動的，那是剝削，絕不能看作是好事。再說日本不建設，當地人民自己也會建設，而且「現代化建設」不是人類最終要得到的東西，只是一個過程而已，可能有誰早誰晚的區別，但這種早和晚的區別往往讓人陷入到誰先進誰落後這種愛排列的思維中，人的價值絕不能在那種排列當中決定。

是不是幫助了現代化在這個問題上根本不重要，那樣的說法就是回避了應該面對的最根本的問題，還有其他好多說法也都一樣，幫助著政府有理由回避、卻沒有正視和深刻反省歷史的工作。戰後的日本政府靠著那些說法，放棄了給日本後

代的人們正確教育的工作，成心隱蔽了曾經犯下的罪行，把日本改造成二戰受害國似的，使勁教育廣島長崎的悲慘狀態以及日本人當時經歷的種種苦難，造成日本人民詳細暸解自己受過的苦難，而不怎麼暸解亞洲鄰國人民由於日本而受到的不可言喻的巨大痛苦。因為政府奪走了人們暸解和感受他們的痛苦的機會，沒有聽過真實的聲音，沒有接觸過具體的描述，所以根本無法發揮想像力，根本不會去體會亞洲鄰國人民的感情。所以才可以繼續在學術邏輯上怎麼樣都可以編出各種說法來正當化，人們也很愛聽。那樣的說法得到政府的極力推動在日本國內占了上風，而真正要勇於面對的、真正反思歷史的聲音卻無法上到檯面。日本的那個狀況在我心中一直是一個磨滅不去的巨大不安。

但在台灣看到那些「遺物」時，我沒有從那裡直接地感受到不安，還反而感受「鄉愁」之類的東西，一時心醉神迷。但我自己不願意接受一個巨大不安事件所提供的「鄉愁」，我寧願不要那個東西。除非在那個事情上日本可以真正做好，

191

受害方也可以真正接受，到那個時候才可以對那些留下來的東西重新給一個定義和歷史價值，在那之前它們終究永遠是一個不安物件。

回到我的初次台灣旅行，離開嘉義後我去了台南和鹿港看一看，聽不少台灣人說台南好玩，我看著旅遊書瞎逛一逛，去看一些大馬路邊的日據時代古老的大西洋建築，和清朝時代的中式建築的古跡等，但台灣人說的具體台南的精粹是哪裡我沒有得到詳細的資訊，沒有特別找到有意思的地方。之後去的鹿港，也很不錯，但太旅遊觀光化了，旅遊觀光的氣氛阻礙了原本更純粹美麗的濃厚東方味道，加上疲勞開始積累，慢慢地興奮減少了，因為不是很興奮，我在台南和鹿港的路上伴隨了有些寂寥的感覺。

最後回到台北，那時候我的疲勞積累到開始中暑，但回到了大城市，本來喜歡城市的我神經用上最後的能量挺著，開始又有幾個興奮點來找我。翁佳鈴又為我聯繫一個朋友，她跟

她的朋友出來帶我玩。他們帶我去淡水玩，又帶我去紫藤廬優雅地喝茶，又帶我去吃公館夜市裡的刈包和四神湯。啊——非常好吃！然後還帶我到龍山寺和華西街，到那裡我的興奮到最後又開始爆發了，我心目中一路上尋找的更濃郁的真正台灣味道就集中在這裡！我在那裡簡直迷得昏倒。華西街的夜市花花綠綠、密密麻麻、閃閃亮亮，華西街的蛇，奇奇怪怪，加了很大很大的毛筆字體招牌，很濃很濃的東方，那裡展現的俗氣到家，昇華到極為美麗的高貴境界，它的美麗閃亮得實在耀眼。

後來又去參觀龍山寺，哇……！一個寺廟裡面還能那麼花花綠綠、密密麻麻，非常不安靜，那裡的活力簡直不是一般的活力，活到天上去了。那麼多的人擠來擠去，滿滿的人，每一個都非常虔誠地祈禱，我想起了以前去過的西藏寺廟，感受到了同樣的強烈神氣，洋溢著人間最原始的純真氣流。已經是很都市化的台灣，居然還可以在大城市裡面找到那樣充滿著純真原始活力的地方，真是了不起！

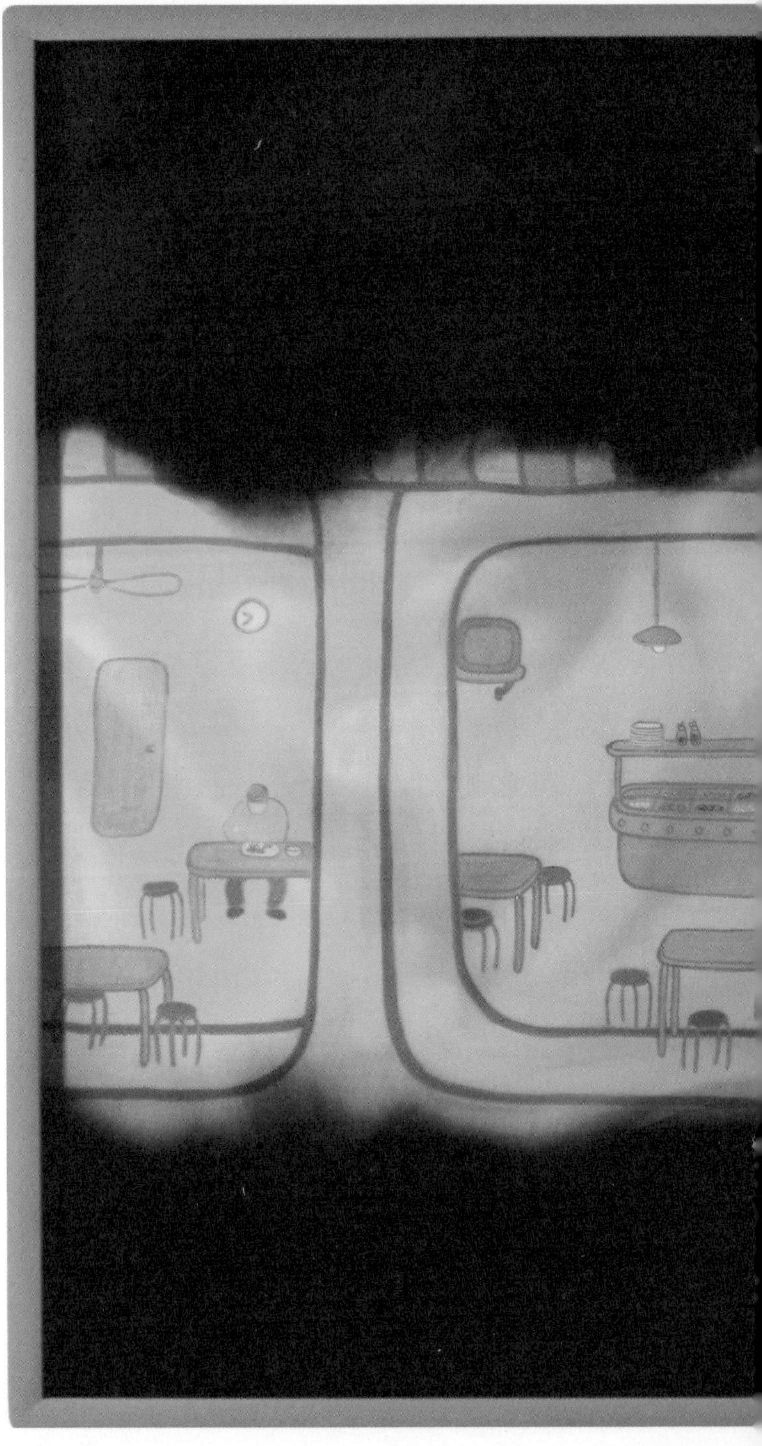

自助餐 2011

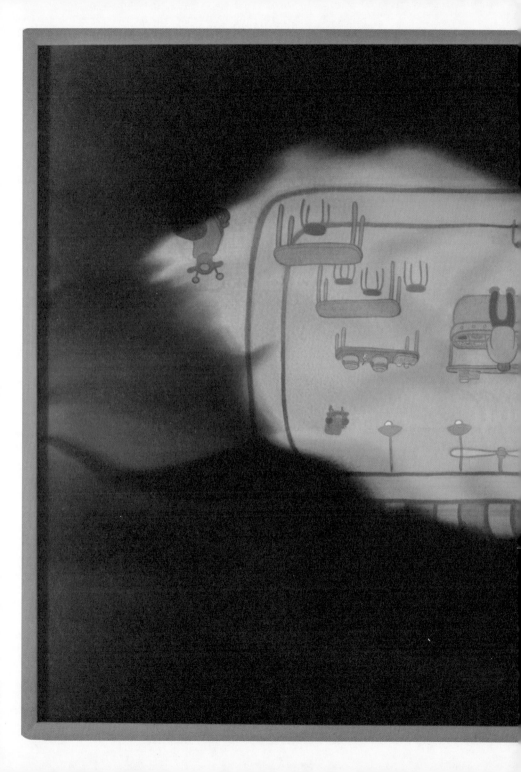

Dear 飯田，

收到你的包裹，好感動啊！在紐約第一次收到從台灣寄來的包裹，還有那麼多我想不到的東西在裡面，我收到時就想著一定要給你寫封信致謝一番，害你破費不少！

我很喜歡那幅小畫，作品有個名字嗎？我仔細的看了很久，以為那個人應該是那個男生，但你說不是，但也許是種巧合吧。我想把那個人物當成是他，也許可做為我分享你的單戀祕密的紀念，那也能說明我們這段時間的友誼。

來了紐約有幾個月了，但是我並沒有在我原來想像的生活當中，我覺得語言及文化隔閡使我無法在短期內找到那樣的感覺，我覺得自己真的不瞭解他們，即使我能與他們做簡單的溝通，但關係的表面化使我分不清楚他們真的想法，我無法判斷很多人事物，像我在北京一樣。紐約的人大多友善，但我還是覺得很陌生，就像他們也不瞭解亞洲文化一般，全球化使人們的旅行機會多了，似乎有更多機會

瞭解彼此，但事實上不然，大部分的人對他國文化的認識
都是停在表層，除非你有機會浸淫在他國的文化裡生活。
我對紐約剛開始有像一般觀光客的新鮮感，但一個月過
後，我還是想回到生活中最簡單的規律，我覺得自己與外
界仍有很大的隔閡，這個地方只是我生命中的暫時居所，
我想許多人都會有此經驗，雖說不上難受，但有一種失根
的落寞。

一種永遠存在的隔閡與人存在的孤獨——
也許這正是你長久以來有的感受，
生活在一種無法融入主流的狀態，
這個不安的感受也貫穿了你的創作，
亞洲不安之旅可能只是個開始，
隨著你的生活經驗擴大至亞洲以外的國家，
我相信不安的感受仍然會跟著你。

我不知道這次台灣之行將帶給你什麼樣的經驗，或者只是
你人生的一小段插曲，或許在第二個月後，你也將對這個

小島及島上的人產生一種隔閡，或許這是你個人的一種宿命，你會一直以旁觀的角度去看外在的世界，但這種生活狀態如何呈現在你的創作中，並且與更多的人發生共鳴，就是看你的創作能如何深入，必須下點工夫去達成。我覺得問題似乎已非亞洲的問題了。 你也許需要去考慮跳開亞洲來看你的創作，否則未來的路會很侷限。

我希望早點看到一些你對台灣展覽的創作或想法，也許透過對我的敘述，你也可以早點找到方向。不完整也無妨，要加快你的工作速度了。回日本前還是要有個進度出來！

PS 寄來的茶、魚鬆及蛋捲都好喝好吃，我代 Jessie 及小孩們謝謝你，丁丁吃了好多！

翁
2008 / 11 / 13

翁佳鈴，

謝謝你抽時間特別寫信給我！我也沒有寄那麼多特別的，
而且門簾寄得太晚真的不好意思，又沒有找到你最理想的
門簾。不過你們喜歡吃那些，我也高興！

關於我這次 20 號倉庫展覽的事，我這兩天想了想，我想
你的意思還是希望這個展覽有更進一步的深度，是嗎？雖
然上次你說過這個展覽簡單就好，也可以重複過去的方
式，駐村主要目的是要多去外面交流、多瞭解台灣。但我
現在理解了，我會把「瞭解台灣」放在第二位，最重要的
還是創作。這樣的話，我想從日本回來後的兩個月基本上
得關在屋裡面集中精力創作才行。關於這次展覽主題的問
題，我這兩天想的過程中覺得我需要更深入瞭解台灣，但
我目前的狀況，還是脫離不開我對台灣的瞭解只能很表面
這個事實。我現在的狀態還是屬於半個旅遊者。我看到的
台灣就是表面的。從中我感受到了什麼，都會與我之前所

經歷的體驗和感受結合一起。所以我表現的台灣不會是台灣人所瞭解的台灣，會是跟台灣人所瞭解的台灣有點不同的台灣，用我的觀察方式去看到的台灣。對我來説就像台灣人做的味噌湯一樣，如果給日本人喝那個，你不説這是味噌湯還行，如果説了，所有日本人第一反應都會説這根本不是味噌湯，怎麼可能味噌湯裡面有薑絲！不可以這樣！但我覺得這種東西很有意思。而且我覺得喝習慣了台灣人做的味噌湯也挺好喝的。別想它是味噌湯，是不一樣的東西，不一樣的味道，但不知怎麼總會讓你回憶起有那麼一點家鄉的味道，好奇怪。我發現人都會有一種慣性、一種觀念，你一旦説了「這是味噌湯」日本人會反應激烈「這絕不是！」如果把韓國人超愛的那個炸醬麵給中國人吃，中國人會有激烈的反應「這是什麼呀，真難吃！」（我在韓國時遇到過很多。）

我希望我的作品能像台灣人做的味噌湯一樣，
可以讓大家體驗一下 「把慣性丟掉」
（離開原有的框框），
發現以前從來沒有遇到過的美味。

當然我在上面說的那樣要真的做好「台灣人的味噌湯」也
很不容易，但這就是我所在的位置。我這次在台灣的體驗，
在這一個多月的時間裡得到的最深的感受是一種台灣人的
精神狀態和日本式的一些表層的「形」 結合在一起的奇妙
的感覺。其他事情就很模糊，摸不透。如果我探討台灣的
什麼文化、習俗、宗教信仰，這些在現代台灣的位置等等，
我覺得我根本談不來。而且探討真正的台灣不是我的工
作。然而我真正該探討的問題是在這短短的台灣經驗中是
很難挖掘的。比如我這次想要再挖掘「不安」，那我現在
還不瞭解真正台灣的不安在哪裡，沒有辦法體會，所以就
出現一個問題，我現在為什麼在台灣？為什麼要畫台灣？

如果要讓我體會台灣的「不安」，我還得住更長的時間，應該要有更多更深的交流，就要像我跟中國或韓國那樣多的交流。

現在很流行藝術家去國外駐村創作的方式，很多情況都是三到六個月很短的時間，我不知道他們那樣創作都期待著什麼樣的成果，我想只是給每一個人的創作基礎上添加一點點不同的調味料而已。如果成功的話，能夠給當地的觀眾看一些當地的藝術家做不出來的東西。上次我們在日本一起去「遊工房」的時候看見的一個英國藝術家（本人當時不在，我們看見了她的作品），她後來在九月初的時候就在那裡辦了展覽，開幕時我去了，她在日本待了六個月，但一點日語都不會說。她的藝術最終想說的跟我很不一樣，但她有些途徑跟我相似。她畫了一些日本街頭的景，我非常喜歡。你覺得她的作品怎麼樣？她畫的日本街頭是

完全表面的，但是對我們來説是很平常到幾乎沒看見一樣平常的那些風景，但透過一個西方人的眼睛被描述出來以後，看見的東西是非常新鮮的。可是她探討的東西跟我很不一樣，把那些「景」完全融進到她自己的觀察中，「日本的景」對她來説只是一個借用的花樣。也許不能跟我追求的東西一起做比較，我還是比較拘泥於那個地方，是屬於東北亞的那個地方，我想找到一些東北亞的文化特性，是屬於我的地方，但我最終融入不進去的那個地方。我跟她不同因為我也是亞洲人，這也會有一點關係。比如我畫的台灣和一個漢字都不認識的西方人畫的台灣之間可能會有很大距離，當然，我畫的台灣和台灣人畫的台灣也會有很大的距離。

在我的作品上我想繼續關注「亞洲」這個地域的存在，所以其實對我來説台灣的存在也很重要，雖然這個意義的探

討還遠遠沒有達到很深的程度。我也還說不太清楚「亞洲」和「不安」的結合點是究竟在哪裡，我是不是應該把它們分開？但我又不想分開。我覺得確實存在它們的結合點，但探討這個點，也非常不容易，我也很容易一會兒想涉及這個、一會兒想涉及那個，關心的問題有點太廣。

我透過這幾個月的台灣生活能問什麼問題？我是不是可以借用台灣的風景來問普遍的不安？問我們亞洲的現代生活狀態？我有點問不清楚。我先問我心裡，這也想畫、那也想畫，有很多景想畫，我在這次的作品上，先把眼睛看得到的表面的現代台灣生活特色擺出來看看，這樣的話怎麼樣？我現在的狀態可能只能這樣。在這段時間我覺得台灣它的文化背景還是屬於中國的文化系統，對我來說台灣還是另一種中國，然後加上經常讓我回憶起故鄉的奇妙的地方。這個感受是最深刻的體驗。

有一次我騎腳踏車走在街頭，聽見非常熟悉的聲音，讓我很驚訝。那是鐵路平交道號誌聲所發出來「叮叮噹噹」的聲音。它在日本到處都有，我每次回日本的時候也都一定會聽到很多次，但我在日本的時候就從來沒有感覺什麼。但我這次在一個他鄉聽到我從小聽慣了的那個聲音，是一模一樣的。在零點一秒的瞬間中讓我回想起了我的小時候。這個體驗讓我思考半天，以後也會繼續思考。因為我在台灣感受的還是台灣的空氣，雖然到處看見日本的影子，但我感覺到在那裡存在的還是台灣人的精神狀態，眼睛看見的「形」跟內在的東西不合。我看見的那個「形」是我從小時候常看到的「形」，它的存在因為不合或很突然，所以才讓我更集中地關注它，更強烈地意識它？想來想去，就慢慢把問題移到台灣受過日本統治的歷史問題，這也是我很想涉及的問題，但這個問題決不能輕易地去涉及，這個問題需要更長時間的研究才行。

這次的作品可不可以什麼都有？也有一點的不安。也許有一點的文化，但基本都在日常生活的基礎上，所以應該還是跟這次星空間的展覽的那種差不多。問題探討的不是很深入，但畫面的處理上企圖跟以前的作品會有一點不同的感覺。

「會不會好」，「能不能打動台灣人的心」這我還是不敢保證。創作不一定是我認真多少就好多少，思考多少就好多少，但我會認真做每一張，讓我不認真我也做不到，所以要展十五張的話，一定之後的時間和精力都要放在創作上。

你說你想看到我現在畫出來的一些圖稿什麼的，但我有點怕你看到沒完成的畫面，會不會有些「好」或「不好」的感受，讓你期待或不讓你期待的一些反應，我會被你的反

應左右。但完成之後聽到好或不好就沒關係。因為一張畫的好與不好，它在一個非常微妙的點上。一個觀眾的反應也如此。有時候一張好畫，它的主題是什麼、畫的內容是什麼並不重要。我想先跟隨著我現在腦子裡的東西試試看，如果不好的話，也一定是有原因的。比如我自己的精神狀態放鬆多少、緊張多少，有沒有在該放鬆的地方放鬆？有沒有在該緊張的地方緊張？我在畫上下的功夫是不是適量？其實實際作畫的時候最重要的就是這些。自己有沒有掌握，能不能控制，有沒有放開等等，那些更直接地決定了一張作品的價值。

飯田
2008 / 11 / 21

飯田

我看了你的信，有些地方可看出來你已想得更深入。我把我覺得寫得比較有意思的地方用顏色標示出來，你可以再繼續想想。我很喜歡你提到台灣讓你想到童年的那段，也許我們都該放輕鬆點，你現在先想到此就開始畫吧。我可以從你的字裡行間體會你對台灣的用心，台灣的觀眾若也能從畫面上感受到你的情感（你的台灣的印象是對中國文化與你家鄉文化混合的奇妙感受），我覺得作品會有意思。正如你所說，你畫的台灣也會有帶有一種異國人的視野。英國的藝術家作品我看了，但我覺得她的畫面對我來說太設計感。後來我看了她的簡歷好像是學設計的，我想你的作品有更深的文化義涵，你選擇的景色不只是城市風景，而是城市的文化風景、歷史故事……。我建議你可經常把你的想法寫下來，也可寄給我分享你的創作，你的文字雖然沒有辦法一下把問題說清楚，但是字裡行間確實有許多有意思的想法。我想也許明年月臨的展我們還是該有一本

畫冊，裡面要有你的文字敘述，這樣可以使你的創作有更清晰的論述，對你深入問題的能力也有幫助。

這兩天如果可以我們還是通個電話，我希望能排個時間表，這樣你回東京也能放心陪陪媽媽。我忘了你幾號才回台中？

skype 再聊。

翁
2008 / 11 / 21

檳榔 2008

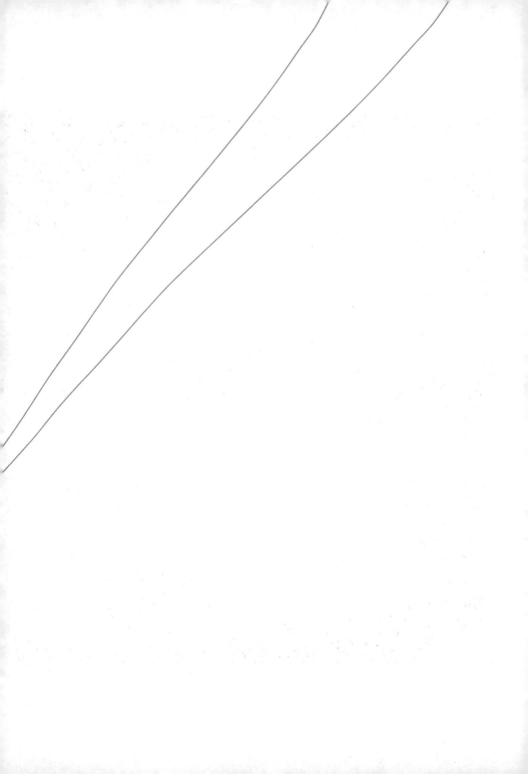

推薦書不在此限

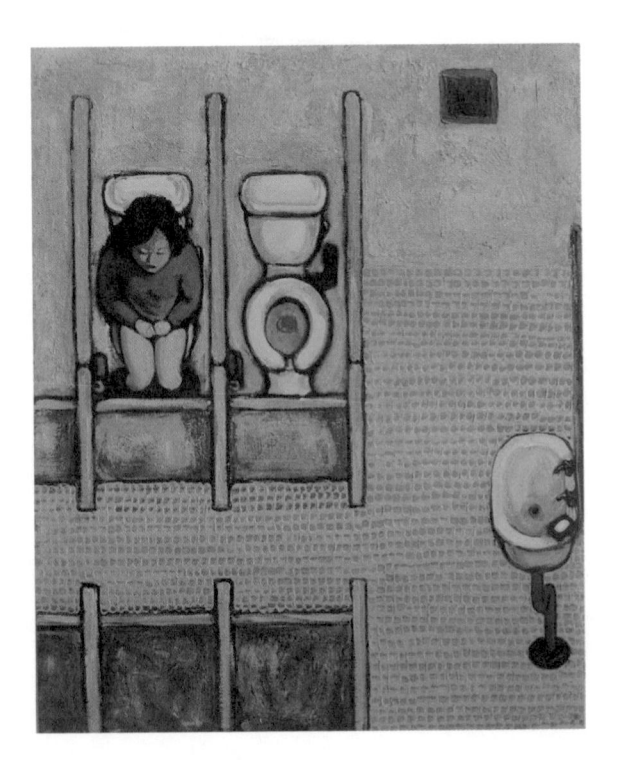

生活空間 1999

在中央美術學院四年級時第一次畫了我的創作。在學校課堂上沒有自由創作的課題，我勉強跟上課堂作業已經費了很多力氣，下課之後根本沒有餘力自己再去創作。到了四年級就要畫畢業創作了。老師要求先畫小稿，那個時候我也沒有特別想什麼，忽然間腦子裡蹦出一個景——晚上的廁所裡有一個女孩坐在馬桶上的樣子。大概是高中的時候慢慢意識到我對衛生間有一種被吸引的感覺，水池子、牆壁的瓷磚、地上的瓷磚、和馬桶。我從小的時候就喜歡屎，或屎的象徵，還有鼻屎，放屁也喜歡。小時候我很愛畫屎的畫，可能因為受了阿拉蕾 * 的影響，但也不知道是先喜歡阿拉蕾所以喜歡屎，還是我喜歡屎所以喜歡阿拉蕾。有一陣子還老畫衛生紙，在小學三年級左右，記得在學校操場的牆壁上用粉筆畫了捲筒衛生紙心裡很得意，而且還有透視，當時自己認為畫得相當逼真，別人是畫不出來的。後來在高中的時候當時要好的朋友也說我和廁所很搭配，我跟廁所是好朋友，我也很認同，覺得她說得好，很有眼光。在我喜歡屎和廁所的基礎上，我透過在中國幾年生活的經歷，

215

＊
阿拉蕾：
《怪博士與機器娃娃》裡面的機器娃娃，
早期台灣稱她為「丁小雨」。
在故事裡她喜歡玩大便

經歷了各式各樣的廁所，沒有門的、只有坑的、底下養豬你在上廁所的時候會舔你屁股的、坑裡屎堆得很高塔狀的等……。就這樣我找到了想畫廁所的原因，那就是「世界上任何地方任何人都沒有一個不上廁所的人。」

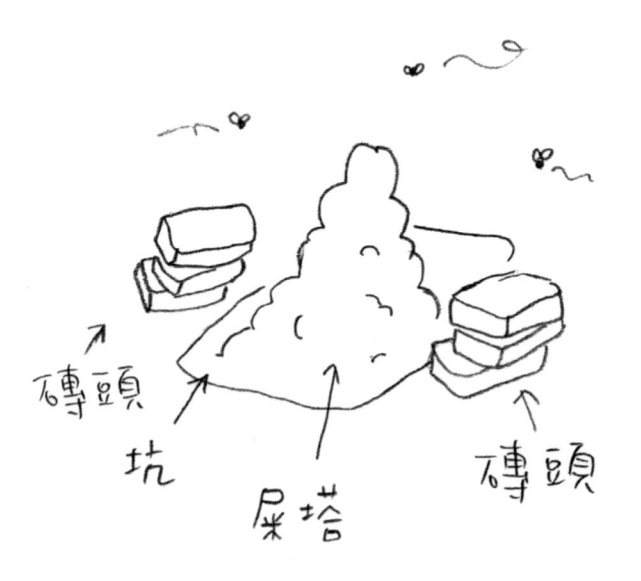

磚頭

坑

屎塔

磚頭

大家都用功修飾打扮，拼命裝飾門面，每個地方都弄得乾乾淨淨的偶爾也不錯，但我覺得有些不自然。雖然我也有喜歡乾淨的時候，我也願意上乾淨一點的廁所，但我不願意回避，然後閉上眼睛或歧視臭的、髒的東西，我願意接受。如果我

們以為人總是能保持乾淨，總是追求我們無骯髒的境界，我懷疑那是一個錯誤的狀態，不覺得那是人真正的狀態。人沒有辦法全部都很乾淨，我們有臭，我們有髒，我覺得那就是人。「髒」和「臭」不一定就是不好，那是人比較自然狀態的表現，只是人需要努力打理乾淨一點而已。人是一個有機體，而不是無機體，有機體會腐爛，有垢、有屎。不管多美的靚女、多牛逼的帥哥都沒有辦法不拉屎；多嚴肅有威嚴的大學教授也要拉屎。中國豐富多彩的廁所讓我體會到中國人寬容的生活態度，似乎教誨了我「我們可以不用那麼拼命修飾自己」。很髒很臭，但那是我們自己一部分的面貌，只是稍微沒去「修飾」而已，在那裡就那麼放著，我們都會那樣。

畢業回日本以後我的關注點有了一點轉變。到日本生活了一段時間後發現那個地方不讓我感覺到「回到家鄉」，我離開的期間日本也有了一些變化，但也沒有太大變化，可能主要因為我的價值觀由於對中國生活的投入而受到了很大影響。

比如在街頭，沒有紅綠燈的路上要過馬路時，行經的車輛每次都會先為我停下來，我會感覺很驚訝，同時心裡覺得「沒必要這麼做，反而讓我不好意思」。還有坐電車和公車的時候一定要把手機設定為振動，不可以接電話，但小點聲跟朋友聊天是可以的。我對此也有點不理解，那小點聲講電話也可以吧？在日本人們比較受不了吵，但我覺得在外面人那麼多的話吵一點是自然的事，吵鬧也是有一種味道，在日本的公共場所超級安靜的時候我會感覺有些可怕。日本社會讓人感覺很有秩序，但對那些種種規矩讓我心裡覺得有些彆扭，或有些緊張，大家都認為那些規矩是好的，但我一直對那樣的想法有些懷疑，覺得那是不一定的。秩序當然適當的需要，但如果為秩序而少了人情味，我覺得活著沒有意思。因為那些秩序，人們都會生活在有秩序的迴圈中，可能比較少發生突然或偶然的意外事情，因此會對突發事件的接受能力低，因為「理所當然」的秩序而腦子放棄了應對很多種不同意外事情的思考。我覺得無秩序的狀態不管好的或不好的，都是很有人的味道，可以活在那樣的地方是很充實，容易培養個

人的生存與臨機應變的能力，腦子可以更活躍，無秩序的環境也不見得不好。

除了那樣的事以外感覺彆扭的事還很多，這讓我感到我好像不屬於這裡的人。當地的不少日本人們也覺得我不像日本人，因為我的一些舉動和外貌的感覺讓他們覺得不像，有時候甚至聽到說「哇，你日語說得很不錯啊」。在那裡我像是外來者，當然我在中國的時候更無疑很明確地我是外來者。外來者的感受是什麼感覺，從最簡單的交流開始慢慢深化的過程中漸漸會出現不能夠超越的玻璃窗把你遮擋，讓我感覺除了我以外的周圍很多人之間就沒有那扇玻璃窗，他們都在一個家裡面，我似乎無法進入其中。能夠把那扇窗戶打開，跟我更深層交流的朋友不是很多。畢業後在日本生活的那段時間在無意識當中，慢慢的發現我對窗戶有了一種莫名的感受，而且越看越讓我覺得它跟我很貼近。

窗戶有的時候是透明或半透明，
因為透光所以有時候半透明也虛忽忽能
看得到一些動靜或景色。
如果很清楚地看到了，
也因為隔開了我和窗戶後面的景色和人，
而讓我的胸口感到鬱悶。
那是我一直以來感受到的狀態，
我的四周全是窗戶。

在那時有一天忽然看到中國買回來的老土窗花貼紙，是我在中國的生活用品批發市場裡看見很多種老土紋樣的貼紙，半透明、帶紋樣的貼紙，是用來貼在窗戶遮擋屋裡面的。我看到那老土的紋樣超喜歡，價格也很便宜，沒想什麼用途，就買了一些帶回日本。看到那窗花很想利用在作品上，絞盡腦汁想出一個方法，把它貼在壓克力板上面，把它隔開一點空間覆蓋在我畫的畫面上。之後很長一段時間都用這個方式作畫。我走在街頭上很喜歡觀察很多住家，日本的每戶住家從路邊能看得到的窗戶都用了半透明或有紋樣的玻璃；中國的住家就貼了窗花貼紙，別讓路過的人看到他家裡面。那樣的窗戶讓我更想窺視人家的生活空間，看看裡面是什麼樣子。

那段畢業後三年半的日本生活之後我去了韓國首爾學習韓語，之後又去北京回到中央美術學院讀研究所。研究所期間剛好有申請到去韓國的獎學金，於是我又短暫在韓國待了一陣子。在北京的研究所畢業之後，我得到藝術家駐村的機會去台灣生活了一段時間，然後再次回到北京生活，之後我也又在韓國生活了一段時間，現在才又回到北京。從我去北京讀大學之後**我的生活就來來回回一直在旅行當中，在哪裡都沒有扎下根，外來者的生活一直都在延續著。因為老是漂來漂去，所以能做的事情只有窺探人家的生活。**我看到了很多種不同的生活方式，有著很多種不同文化和時代背景下養育出來的生活，很多種不同的價值觀和生活方式湧入我的人生，讓我的生活豐富多彩，但同時也讓我混亂，我不知道我屬於哪裡，我看到其他人像是都有一個能給他們歸屬感的「家」，及可以認同的共同文化，想起有些朋友講述自己家鄉的時候臉上發出燦爛的光線，我開始很羨慕，我也想要能夠給我溫暖感受的、周圍有很多人可以分享的共同的情感、羨慕擁有一個可以回去的、能給人安全感的「共同的家」。

221

所以我曾經也很想加入「大家團聚於共同的家」那個裡面。以前在中國上學時，開始的一段時間需要從和平門騎自行車到王府井的老美院那裡，然後再換坐校車去上學。路上要經過天安門廣場，在冬天的時候天亮得晚，經常會遇上天安門廣場的升旗儀式，剛剛太陽升起的時刻，聽到軍人樂隊正在那裡演奏中國國歌「義勇軍進行曲」，我不禁就會感動得流眼淚，我想像中華人民共和國就要成立的那一時刻會多麼地讓人感天動地，就像見了戀人似的心跳。還有一次二〇〇二年日韓共同舉辦足球世界盃時，我當時在東京認識的韓國朋友一起去新宿的大久保的韓國餐廳，在那裡已經準備好大畫面的電視，播放韓國隊和西班牙隊的比賽現場直播，很多住在東京的韓國人都聚集到一起。所有的人都穿了那件紅色的，上面寫著「Reds」的T恤，我也買了跟他們一樣的那個T恤穿上，一起幫韓國隊加油。那天我高興得不得了，跟那些韓國人一起喊「dae——han min gook（大——韓民國）chacha，cha，cha，cha」非常的過癮。那天韓國隊贏了西班牙隊，進入四強，史前沒有過的壯舉，大家的心情都火爆

開心，我也跟著火爆開心，跟那麼多人的心都成為一體，特別的心滿意足。走出去街頭，大家高興得路上都是滿滿的人在慶祝，穿了藍色Ｔ恤的日本人也一起來慶祝，很壯觀。

我很奇怪，對人家的國家特想「愛國」，試著「愛國」陶醉於「大家共同的家」的夢想中。但我從來不願意對日本「愛國」，我有強烈的反感。所以我可以替韓國加油但絕不願意替日本加油，我可能很乖僻。不過想想「愛國」這個狀態，那個東西往往會是人們愛自己故鄉的自然感情被政治利用而變形，政治家們拿那個東西來鞏固自己的權力，我對人家的國家愛國可以不負責任地享受一下跟大家成為一體的感覺，我想深入也無法深入，所以還好。在法律上我是日本國籍，對這個國家我如果真的去「愛國」的時候我就覺得很可怕，看到「日本國」那幾個字，加了「國」字就很不安，最近還有人把日本稱作「美麗神國」，感覺非常噁心。現在那個「國家」的體制和狀態主要是那些歷來的政治家們搞的政治給營造出來的，他們呼籲愛國時容易掩蓋了那個體制中的好多病

源和暴力性。也容易誤導排外主義，用排外主義精神看待他人或他國的時候，看見的什麼都不順眼。愛國有時候容易走歪路，我非常不喜歡那樣狀態的愛國。其實健全的愛國是可以存在的，值得珍惜的，但人們在平常生活中健全的愛國和不健全的愛國之間的界線搞得比較模糊，稍微不小心會不知不覺地走進不健全的範圍裡。我心裡很複雜，我羨慕能愛國的人，但要實踐很健全的愛國不一定很容易，所以同時也不喜歡愛國。其實我不需要拘泥於「國家」，但人們愛故鄉的感情很容易升級到「愛國家」的級別去，原因正是因為「國家」這個體制當下的狀態，「愛故鄉」這個感情會被「國家」干擾，我也是一樣被它影響。我心裡接受不了「愛國家」，而我的「愛故鄉」像迷路的孩子一樣找不到媽媽。

對我來說「我的故鄉」是一塊空洞，裡面還裝滿了灰雲，抓不清楚那個東西是什麼，可能我渴望找來一個很清楚的、很明亮的東西來填滿那個空洞。我離開家鄉到了中國的時候讓我感覺我已經遠離了灰雲，看見的是在那裡展現的一片燦爛

的光，在那裡沒有不安、沒有灰雲，看見的都是可愛的、健康的、明亮的、溫暖的種種事物，直讓我耀眼。那些東西的面貌強烈地吸引我，因為當時的中國確實比起日本留下了非常多的可愛健康明亮溫暖，好像讓我感覺所有屬於「中國」範圍的全部都可愛明亮，我心裡新進來的明亮光線全蓋住了「中國」的範圍。雖然後來我也瞭解到其實「中國」範圍裡也展現了另外一種完全不同概念的灰雲，或者甚至是黑雲，但我心中的「中國」已經被明亮光線蓋住了，對它深層存在的灰雲和黑雲我就可以忽視，「中國」的黑灰雲不會纏繞我的心。那樣的過程讓我心裡「日本」的範圍和不屬於「日本」的範圍之間劃了界線，之後韓國和台灣的體驗跟中國的體驗成為一體讓我更加強烈地注意它們的可愛和美麗、健康和溫暖，讓我充滿熱情，總是吸引著我，讓我老想追蹤它們。

但後來意識到我心中「可愛明亮的中國」可能也是幻想，「不安成山的日本」也可能是錯覺。假設我出生和成長在中國的話，也有可能中國的黑灰雲纏繞了我的心，對於日本的黑灰

雲就不那麼敏感，反而還會以為日本是可愛明亮。可能因為我跟日本距離太近了，或者年齡很小的時候太直接地感受了日本的黑灰雲，小時候的感受會纏繞很久。我後來自己認知了我的狀態，就是我哪裡也沒有歸屬，我可能總是處在「日本」「中國」「韓國」等的國界之間，之前也許我腦子的深處總有一句話「我應該是歸屬於日本的人」那樣表面上的認識反而讓我不安了。我是一個漂遊在亞洲各個地區邊緣的人，所以用一個作為旅客的心態去「訪問」日本時，就開始也能看到一些日本的可愛和美麗、健康和溫暖了。在我心中美好的「亞洲」範圍裡也開始接納了「日本」。

在我心中長年留下的一團「不安」也開始一點一點地脫離「日本」的範圍，分成好多小小的顆粒，飄浮在亞洲每個地區的天空上面，或許與當地的「不安」相呼應，讓我感受到對每個地區淡淡的、說不清楚的不安感。

對於「亞洲」我感受的「美麗可愛」都會隨我的便，我想看什麼就看什麼，我對某些事物的看法會跟當地人們不一樣，想一樣也無法一樣，我的「過濾鏡」想摘下來也摘不下來。我透過我的「過濾鏡」關注著當地生活中的「美麗可愛」和某些「不安」。在我作品上面原來更看不清楚的、更憋悶的「窗戶」慢慢地轉變成稍微增加了透明度的「過濾鏡」。我把之前貼在壓克力板上面的窗花貼紙換成了有流動性的壓克力媒介，用各種方式替它著顏色，控制不同透明度，用各種方式塗上去，試圖表現出我的「過濾鏡」，而壓克力板底下的畫就是透過「過濾鏡」所呈現出我看到的「心目中的亞洲」景象。

我追求每個地區獨特的美麗亞洲景象，渴望看到東方傳統、每個地區的地方特色。特色就是當地人們的歷史和文化的表現，歷史和文化的深厚能夠給我踏踏實實的，實實在在的生命力，它不是空虛的，不是灰色摸不透的東西。文化的力量可以把虛無改成豐富和實在的感受，我就可以不再想念我

虛無的「故鄉」。我依賴「亞洲文化」來彌補我心中的空洞，所以每當我走在亞洲的城市中總想去尋找傳統的、古老的、帶有人情味的，滲透在當地生活當中的可愛文化。

我喜歡過去時代很有人情味的建築及生活面貌，能遇到就非常高興。一直到現在，讓我持續了我的亞洲不安之旅，那樣不安定的旅行生活的動力就是我對它們的熱愛。我非常喜愛這個地區，我喜愛這個地區各個不同的東方氣息。期待著豐富多彩充滿趣味的文化形象陪伴著我，每當能遇到那樣的東西我就興奮地全身血流開始沸騰。我索性就把我所要歸屬的「家」升級為「亞洲」好了。

我過去跟韓國男朋友交往時，當一幫韓國人在那裡聊得開花的時候，我自己一個人完全不懂他們在講什麼、樂什麼，卻也能夠滿足於待在那裡的原因，就是因為有好吃豐富多彩的韓國料理陪伴著我，我就一直吃。在中國雖然我能聽得懂大部分的中文，但還是有不少很關鍵的詞彙我不懂，一樣沒有辦法進入更深一層的對話中，但好吃豐富多彩的中國料理也

陪伴著我，我就不會被埋沒在寂寥之中，我就一直吃。好吃
的菜能滿足我的饞嘴和饑餓的食道和肚子，而展現在食物上
面的深厚東方文化又能滿足我精神上的空缺。

「吃飯」對我來說是生活中最快樂的事之一（不好意思，也
許不是「之一」，可能是「第一」）。我的座右銘是：我人
在哪裡就要吃那裡當地人們最普遍吃的食物。因為每個地區
最普遍的食物是含了最多量的真正當地文化和當地人們的愛
心。對我來說「吃飯」是身體和文化的結合體，用我的身體
吸收文化，集中全身的精力去感受那個食物裡面的文化和人
心，那個食物中包含了漫長的歷史養育出來的智慧，還加上
了製作那個食物的人的愛心和誠意的時候，那個味道會好吃
到上天去，可以感受宇宙的能量，讓我覺得我們的世界真是
非常美好。

有的時候寂寥的周圍環境會包圍著我，但我對眼前的食物用
全心全意的熱愛來吃，就能度過幸福的時間。比如在一個人

旅行的時候，晚上吃飯時可能比較寂寥，但如果能遇到更加濃縮展現當地文化的食物，或是我第一次品嘗到那個食物，我的熱愛全部都打開，那時儘管環境是「寂寥」的，但我的心完全可以無視它。但如果走了一天身體疲憊時不小心進去一個比較缺乏主人愛心的飯館，吃了比較不好吃的食物，就會真正的感受到「寂寥」。在旅行當中有時候「熱愛」多一些，有的時候「寂寥」多一些，「熱愛」和「寂寥」並存在一起，兩種東西的分量隨著那時的狀況會來回改變，那種不同比例結合的感覺創造出各種不同的絕妙滋味。在平常生活當中也會有很多種那樣不同比例的絕妙味道，那就是我要在我的作品上追求的境界。

吃飯這個動作是每一天都要做的，也沒有人能不做的，作為我們本能需要的動作，還能跟文化結合一起，不只是食物上面的文化，有時候還能跟其他人一起營造出各種各樣的生活意義。是不是一個人吃、還是跟家裡人一起、或跟一幫朋友、或跟一個能談心的好朋友，意義都會不一樣；是不是熱熱鬧鬧、是不是寂寥、或許是熱鬧中的寂寥、或寂寥中的溫暖，

跟食物的味道一樣，周圍的氛圍也會有各種各樣的味道。我覺得「吃飯」真是不簡單，在我們生活中占據了很重要的位置，還給予我們除了「補充能量」以外的太多的東西，不管正面的還是負面的，很多種不同的意義可以讓我們享受，人類的「吃飯」跟動物的不同，太了不得了。我透過「吃飯」感受生活，讓我作品的畫面中越來越多的題材跟「吃飯」有關，我無法抗拒，我腦子裡蹦出來的「亞洲景象」越來越老跟著「吃飯」連在一起。

當然我除了「吃飯」以外，還要關注「吃飯」的我們的周圍環境。可能展現的是我們的家、飯館和餐廳的建築物，還有街頭和城市，再往後面就展現了「國家」。我們的生活都在其中進行著，我很關心我們每天生活的時候眼睛看得見的景色，我想描繪的景色都是我們生活當中眼睛看得見的空間，那裡可能有人，或沒有人，但在那裡生活的人們平常用的物品和建築始終展現在我面前，我透過那些生活空間去想像居住在那裡的人，他們每天都懷著什麼樣的情感而生活？那些

231

人可能被他們的民族文化中某種意識所影響、支配著。就像每天與他們一起生活的空間、傢俱、日用品以及周圍街頭等，都存在於當事者無意識之中，與當事者的生活、情感和民族文化融合為一體。城市中的建築、周圍生活用品始終一直靜默地存在，觀看著那裡面的各種人們的生活點滴、喜怒哀樂、悲歡離合……。物件們始終在那裡靜靜地、客觀地包容與它們生活在一起的人們。尤其是古老的建築或事物，在經歷漫長的時代變遷，它們承載著歷史，並與歷史一同走來，同時也因歷史時光而擁有更豐富的內涵。

所以我在每個地方都要去尋找當地的特色文化與歷史一層一層積累下來的景象，想去追求更濃郁的部分；濃度越高，我就越興奮。但可惜得要命，遺憾得讓我跺腳嚼岩石，隨著時間的流逝，這些地區深厚的文化面貌跟著以經濟為主的生活方式而一個又一個地失去原來的魅力和精神內涵。那些「亞洲文化」大部分的面貌已經埋沒於現代化城市無機灰矇的景色之中。現在的亞洲城市景色大致都變得很難看，尤其大馬

路邊更難看，有時候幾個不同時代建築混雜在一起，設計和
色彩完全不諧調，還到處都是方方塊塊的無機體，很憋悶，
呈現出一幅除不去「不安」的景色。

我很失落，去尋找「美麗亞洲景象」，而看到當代亞洲城市，
卻似乎更多的是醜陋。我想看到的「特色」越來越變成極微
小的差別，拿出一個個醜陋的、卑微的，一種低俗化的假冒
文化特色來代替了原來真正文化的位置，但它們卻已經融入
於當地人們的生活當中，更遺憾的是有時候當地人們還反而
更喜歡那些假冒文化。我擔心是不是隨著我們的生活更加
離不開物質追求和以經濟為主的價值觀，那些可愛美麗的、
傳統質樸的真正文化特色會帶著前人的智慧和修養一起消失
在現代的生活之中，是不是將來我們生活中留下的會是內涵
浮淺的、哪裡都一樣的物質而已。但也很無奈，在一個全球
都本著「經濟發展」價值的大浪潮下，似乎誰也沒辦法。我
還是只能與這樣的現代生活搞好關係，接受這樣一個狀態。
其實我也一直在享受著「經濟發展」帶來的便利，如果沒有

233

「經濟發展」，我也不可能坐飛機來回旅行，去享受各個不同的「文化」。假設我活在過去還沒有經濟發展以前的社會中，很有可能不會刻意珍惜和享受「文化」，很矛盾。可能因為我成長在經濟發展後的物質社會中，所以才渴望享受「文化」。

儘管如此，我還是喜歡遊歷和生活在大城市，喜歡歷史悠久的亞洲城市，在那裡傳統文化形象雖然變少了，但還是能找到歷史和傳統文化的痕跡。偶爾享受一下當代的文化也還不錯，只是當代文化是去哪個城市幾乎長得都一樣，那是我的遺憾。我就要使勁找到每個地方的差異和特色，不管是醜陋的、卑微的，還是假冒的，只要有那麼一點點差異和特色，我都要找出來享受。經過反覆尋找和關注，還是可以發現「當地文化」或許以醜陋或卑微的某些形象及形式保留在當地人的生活中。在於現在這樣趨勢的時代下，傳統文化的精粹似乎被埋沒在摸不清楚的霧靄中，眼前擺出來的是已經變了形的、內涵浮淺的物件。人們似乎每天只是無意識地接觸

它們，其存在僅僅是一種被忽略的存在。我時而以惻隱之心關懷這些被人們忽視的物件，時而透過它們去觀察與體驗一樣同病相憐醜陋的我。逐漸地在我心裡產生一種對它們關愛的情愫，這些看似醜陋的形象也屬於亞洲的東西。對它們執著的關愛，使它原有的醜陋形象轉變成了一種美。當醜陋形象凝聚到極致時，竟昇華為可供我一人獨自享受的美感經驗。我對亞洲的感受始終在美感和醜陋之間來來去去，儘管亞洲城市至今呈現出一種矛盾的、不諧調的、醜陋化的不安狀態，它們似乎帶有一種無奈的悲傷，並隱約透出充滿亞洲魅力的光芒。

創造出精神內涵豐富的美麗文化的也是人，製造出內涵浮淺的物件的也是人，人有時候可以達到很高尚的境界，有時候也會做出很愚蠢的事，我覺得又高尚又愚蠢的人就是一個非常有意思的、非常可愛的存在。在我們的世界所有的事物都像人的狀態那樣，好的和不好的都共同存在，我不想只追求好的一面，也要關照一下不好的一面。往往那

些不好的東西是為了好的東西而更加地好、更加地光彩而存在著，它是為「好」服務而存在。多可憐，多可愛。所以我來關愛一下它們，

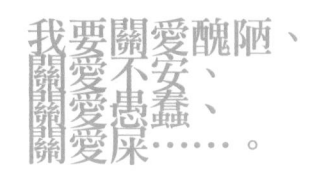

我要關愛醜陋、
關愛不安、
關愛愚蠢、
關愛屎……。

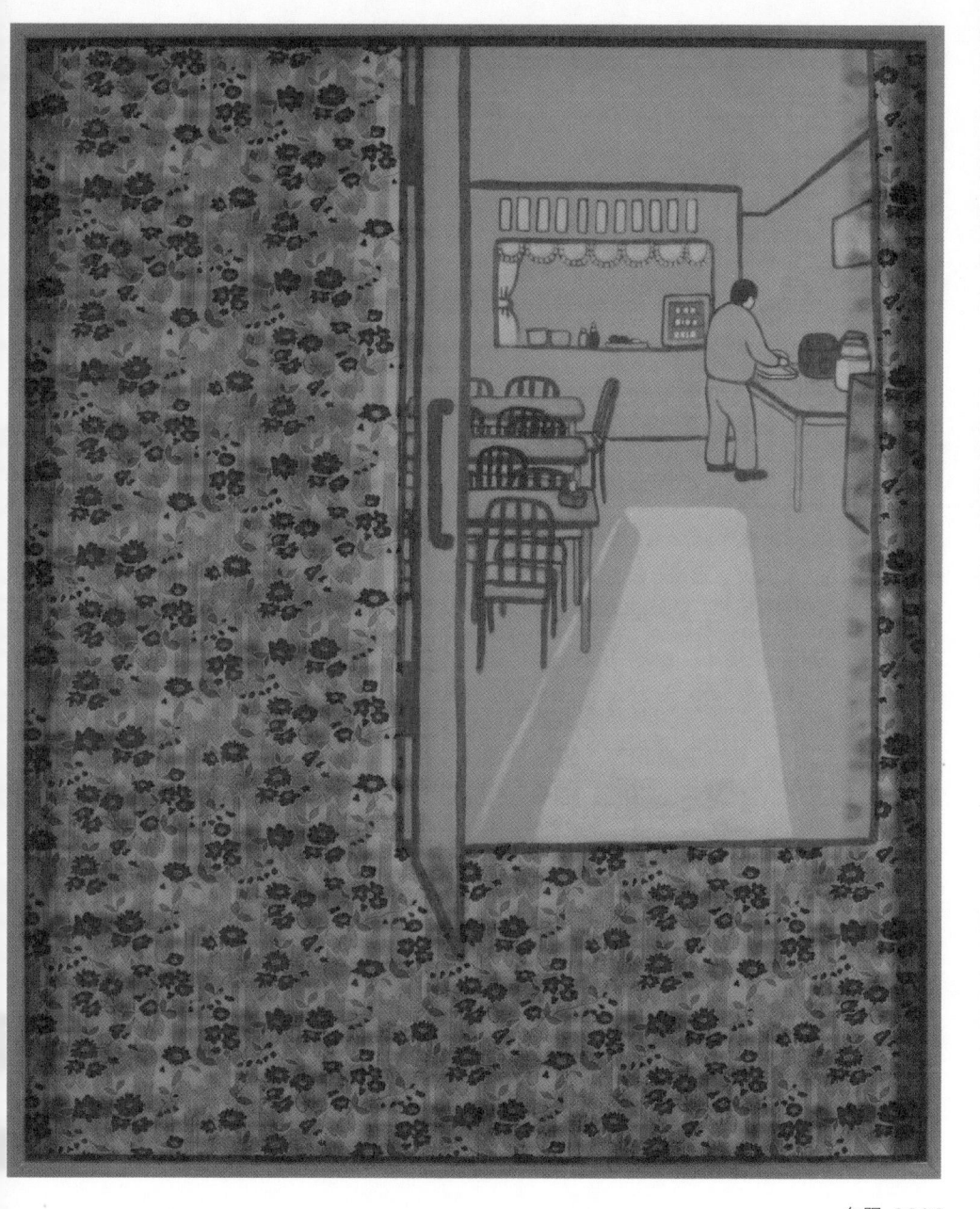

夕陽 2006

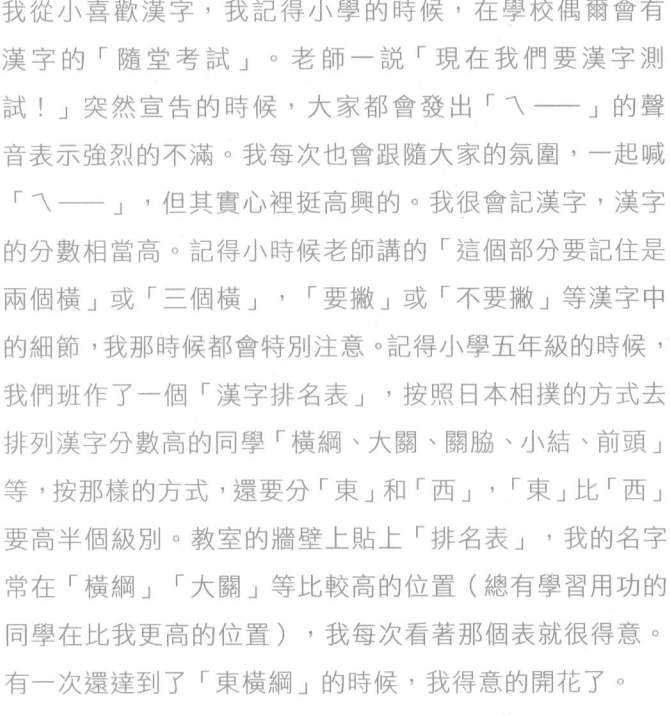

我從小喜歡漢字，我記得小學的時候，在學校偶爾會有漢字的「隨堂考試」。老師一說「現在我們要漢字測試！」突然宣告的時候，大家都會發出「ㄟ——」的聲音表示強烈的不滿。我每次也會跟隨大家的氛圍，一起喊「ㄟ——」，但其實心裡挺高興的。我很會記漢字，漢字的分數相當高。記得小時候老師講的「這個部分要記住是兩個橫」或「三個橫」，「要撇」或「不要撇」等漢字中的細節，我那時候都會特別注意。記得小學五年級的時候，我們班作了一個「漢字排名表」，按照日本相撲的方式去排列漢字分數高的同學「橫綱、大關、關脇、小結、前頭」等，按那樣的方式，還要分「東」和「西」，「東」比「西」要高半個級別。教室的牆壁上貼上「排名表」，我的名字常在「橫綱」「大關」等比較高的位置（總有學習用功的同學在比我更高的位置），我每次看著那個表就很得意。有一次還達到了「東橫綱」的時候，我得意的開花了。

我後來回憶起我小時候的那些，越來越意識到我非常喜歡漢字，所以學習中文的時候非常高興。記得最開始在日本學習中文的時候試著查詞典用中文寫文章，有一次我媽媽的朋友來看我寫的，說「哇——全是漢字看起來好難

啊——！」我那時也心裡很得意，那時寫的文章肯定寫得更是怪怪的中文，但我看著那張寫著滿滿的漢字的紙，覺得很美。學習韓語的時候也一樣很高興，雖然韓國現在不用漢字，但韓語過去一直都大量使用了漢字，韓語裡漢字詞彙特別多，所以對我來說學起來相當順利。韓語結構是跟日語非常相似的，音素文字組合的固有詞和漢字詞彙的混合體。因為韓語的發音比日語複雜很多，所以不像日語那樣需要混合寫漢字，韓語不寫漢字也不會不好讀，日語的話不寫漢字會讀不清楚。有漢字基礎的語言我都能很賣力地學習（英文其實也很想學好，但根本不帶漢字，跟漢字的概念相差太大，對我來說英文實在太難學了）。

漢字的文化真是很厲害，簡直太精彩了，但是我的表達能力還是不夠好，真的是不好意思。我非常喜歡這些有漢字的文化，我從小喜歡漢字，它幫助了我之後的人生太多太多的事情。

中華 2006

亞洲不安之旅

作者	飯田祐子
發行人	劉鋆
美術編輯	Rene
責任編輯	廖又蓉
法律顧問	達文西個資暨高科技法律事務所
出版者	依揚想亮人文事業有限公司
經銷商	聯合發行股份有限公司
	新北市新店區寶橋路 235 巷 6 弄 2 樓
電話	02.2917.8022
印刷	禹利電子分色有限公司
初版一刷	2015 年 10 月／平裝
定價	499 元
ISBN	978-986-88400-7-2

國家圖書館出版品預行編目 [CIP] 資料

亞洲不安之旅／飯田祐子　作
-- 初版 . -- 新北市：依揚想亮人文　2015.10
面；　　公分
ISBN 978-986-88400-7-2（平裝）

861.67　　　　　　　　　104017705

ding
ding